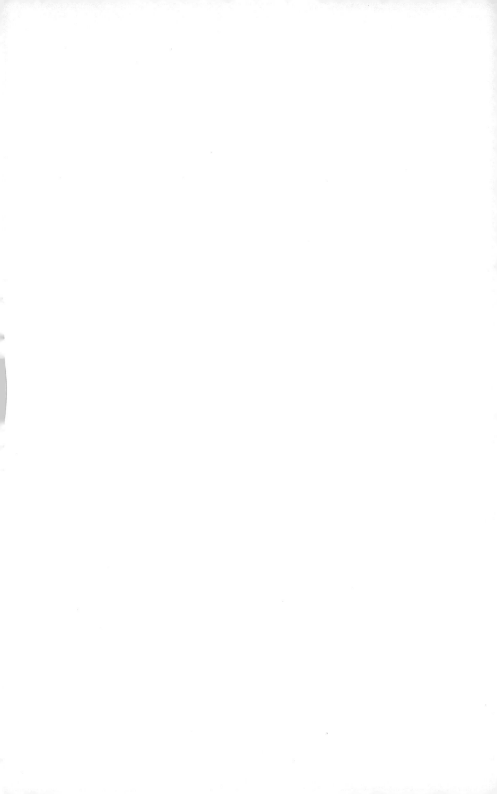

棒球鴨蛋和我

李光福◎著
許育榮◎圖

名家推薦

凌性傑（作家）：

勵志故事不容易寫，因為容易落入窠臼，使得道理優先而趣味失落。《棒球、鴨蛋和我》是一篇極為高明的勵志故事，作者擅長調度場面、營造氛圍，人物塑造鮮明且立體，巧妙挪借棒球小說的類型，把突破逆境的故事說得靈活生動。小說中的主角左撇子曾俊男生長於一個貧困的家庭，課餘幫忙撿鴨蛋換取報酬。棒球是他的熱愛，鴨蛋是他拯救家庭經濟的憑藉，圓圓的棒球與鴨蛋形成了強烈的對照，也串連起故事的發展。在理想與現實之間，曾俊男究竟如何抉擇？如何才能突破困境？《棒球、鴨蛋和我》設計了兩全其美的結局，成全了小說裡那個卑微的「自我」，提供了振奮與鼓舞。

許建崑（東海大學中文系教授）：

升上國中的曾俊男，下課之後得去養鴨場打工，幫家裡賺錢，無法再參加球隊集訓。然而，他能忘掉「職棒選手」的美夢嗎？作者善於經營故事張力，連續的挫折將主角壓抑到痛苦絕望的邊緣，喜幸諸多貴人相助，而有了奇妙的轉機。這是一則勵志故事，描述社會邊緣的孩子努力奮鬥，雖有鑿痕，但還是能鼓勵孩子多方向思考問題，來面對現實生活的挑戰。

黃翠華（九歌兒童劇團團長／藝術暨教育活動總監）：

面對夢想與現實你會如何抉擇？你會為了追逐自己的夢想而不顧

現實嗎？

作者刻畫一名家境貧困卻擁有棒球才能的少年，面對賺錢養家與夢想機會的內心糾葛，放棄夢想的圓——棒球，接受現實生活的圓——鴨蛋，我們看到一個國中生面對現實生活的無奈，也看到了一份責任的承擔，而這份無奈也源自少年對家人的愛，近似現實生活的情節，透過文字的鋪成，共鳴了讀者的心。鴨蛋與棒球經由作者巧思揉和兩者特質，故事尾聲不但成就了文中少年的夢想，也圓滿現實與夢想並進的結局。《鴨蛋、棒球與我》交織出純樸的勵志故事。

目錄

坤隆養鴨場

1 聰明的左撇子

最後一節課。

開學已經快一個月了，我仍然弄不清哪節要上什麼課、該拿什麼課本。瞅瞅右邊同學，她桌上放著生物課本；瞄瞄左邊同學，他正從書包抽出生物課本，既然這樣，我也跟著把生物課本從書包裡找了出來。

不一會兒，生物老師進了教室。看到生物老師，我心裡泛起了「哈！我拿對了課本」的淡淡喜悅，不由自主的坐直了身子。

老師叫同學翻到第一章第三節，開始講起「生命現象」，講著講著，提到了遺傳，忽然問：「昨天你們有沒有看美國大聯盟比賽？紐約洋基對上巴爾的摩金鶯那一場？」

「不是講遺傳嗎？怎麼會說到美國大聯盟去了？」我不解的望著老師。

「昨天我們的臺灣『般』雄陳偉殷連著把鈴木一朗三振兩次，驗證了左投剋左打這句話，可見左投手有多麼可貴。」

聽了老師這番話，我再一次坐直身子，因為我就是「左投手」。

「根據研究，左撇子頭腦聰明，而且富有創造力……」

老師這句話，不但讓我把身子坐得更直，還揚起了下巴，因為我就是個道道地地的左撇子。

「不好意思，正好我也是左撇子。」

老師的話剛說完，我原本挺直的身子立刻縮了下來，「原來老師是誇他自己聰明、有創造力！」我不好意思的想。

「班上有誰是左撇子？舉手讓我看看。」老師邊問邊左右環顧。

我一邊緩緩舉起手，一邊跟著左右環顧。舉手的只有兩個，一個是我，另一個是鄭雅如——我國小的同班同學。

老師先看鄭雅如一眼，微微的點了點頭，接著向我看過來，時間比看鄭雅如的久，還皺了皺眉頭。看到老師的表情，我的身子又是一縮，高舉的手收回一半，不自在的感覺立刻冒了出來。

剛才老師不是說「左撇子聰明，有創造力」嗎？這句話不需什麼證明，在老師身上就可看到，因為不是每個人都能當老師的；這句話不需什麼證明，在鄭雅如身上也可看到，她第一章第二節的小考拿一百分，國小時更是第一名的常客！

偉殷
三振
鈴木一朗
聯盟報導
／記者 許育榮
Orioles
16

可是，這句話在我身上，就完全看不到了！我第一章第二節的小考正好考六十分，若不是老師放水，錯字沒扣分，我就不及格了，難怪剛才老師要多花一些時間看我，還要皺皺眉頭！

「不過……有時單靠聰明和創造力是不夠的，還要加上後天的努力才行。來，我們繼續上課。」

這句話分明是衝著我而講的，即使老師滔滔不絕的解說「生命現象」，我卻有如坐針氈的感覺，一節課上下來，老師教了些什麼，我一點印象也沒有。

不知經過多久，下課鐘聲響起，放學時間到了，老師識相的結束課程，同學們也不約而同的收拾東西。對我來說，下課鐘聲是救星，放學是解脫，我再也不用被老師用「異樣」的眼神看待，再也不用被老師意有所指了。

就在我踏出教室的同時，背後響起這樣的對話：

「鄭雅如，想不到你是左撇子耶！」

「我本來就是左撇子呀！」

「生物老師說，左撇子聰明，有創造力，難怪你上次生物小考一百分。」

「那是因為我運氣好，老師考的我正好都有讀到，跟左撇子沒關係啦！」

…………

這些話像針似的，一根根刺在我的心上。怕有人會問「曾俊男，你不也是左撇子嗎？上次生物小考怎麼只考六十分？」這會讓我不知該怎麼回答，立刻不由分說的加快腳步，逃難似的向校門的方向直奔。

校門口車水馬龍，有相約去補習班的，有吆喝一起回家的，還有討論待會兒去哪兒做什麼的。我既不去補習，也不回家，更不能去哪兒做什麼，離開人群後，獨自沿著學校的圍牆走向我的目的地。

拐個彎，繼續沿著圍牆走，來到學校後方，圍牆內就是操場，一聲聲「啪」「啪」「啪」的聲響傳了出來。

我按捺不住的停下腳步，就地撿了幾塊破磚頭，靠著圍牆堆疊起來，單腳踩上去，攀上牆頭，向操場看過去——棒球隊正在練傳接球，「啪」「啪」「啪」的聲響是球進到手套後，撞擊而發出來的。

看著看著，我忍不住神遊起來。暑假之前，我也是棒球隊的一員，升上國中後，如果有繼續打球，現在應該也在球場上練球。

說到暑假前，操場邊一對正在練投的投捕搭檔就是我國小時的隊友。投手黃志剛邊練投邊接受教練的指導，看他的樣子，儼然一副主力投手的架勢。

國小時，因為我占了左撇子之利，教練視我為隊上的主力投手，至於黃志剛，他只能排第二！想到這裡，我不禁感嘆起來：「唉！如果我有繼續打，現在站在那裡投球、接受教練指導的，應該是我！」

「啪」的一聲傳來，黃志剛又一次把球投進捕手邱天富的手套裡，這球的力道很強，「啪」的聲音特別響亮，可見黃志剛進步不少。

邱天富接到球後，站了起來，把球丟回給黃志剛。

邱天富可是我以前的最佳搭檔呢！我心裡想投什麼球，他幾乎都知道，搭檔時，很少為了要配什麼球而喊暫停，或是重新打暗號。「如果我有繼續打球，繼續和邱天富搭檔，兩年後，應該會很厲害吧！」我惋惜的想著。

這時，正在指導黃志剛練投的教練轉頭向我這裡看過來，怕被他發現，我趕緊縮了頭。忽然，「喂！你在做什麼？」在背後響起。我回頭一看，是學務主任，趕緊從磚塊堆上跳下來。

「你是幾年級幾班的？想爬牆是不是？想做什麼壞事？」主任厲聲問。

「我……不是爬牆，我只是……在看棒球隊……練球。」我吞吞吐吐的答。

主任看看圍牆，再看看我，板著臉說：「最好是啦，諒你也沒有那麼大的膽子騙我。放學了，不要在外面逗留，趕快回家！」

我應了一聲「是」，猛的轉過身，三步併做兩步的往前疾走，不是回家，而是走向我的目的地。

2 斜坡下的養鴨場

走了一段距離，離開學務主任的視線了，我停下腳步，但還是不放心的回頭看了看。

「『最好是啦，諒你也沒有那麼大的膽子騙我！』明明就是看練球，需要用這種口氣說話嗎？」我放起馬後炮：「『放學了，不要在外面逗留，趕快回家！』我是看練球，不是逗留，好不好？還有，我明明不能回家，你卻叫我回家，真是！」

馬後炮放過了，牢騷也發完了，我轉過身，繼續朝我的目的地走去。

學校後方有一條下坡路，坡底的路旁有一座池塘，池塘四周用鐵絲網圍著，遠遠的，就可以聽到嘈雜不斷的「呱」「呱」「呱」。走近後，可以看到一間貨櫃屋，屋旁豎著一塊油漆已經剝落一大半、白底紅字的招牌，上面寫著「坤隆養鴨場」，這裡就是我的目的地。

今年六月，國小畢業前，經由爸爸朋友的介紹，每天放學後，我到這座養鴨場打工。我的工作是撿鴨蛋——提著籃子，繞著養鴨場走一圈，把一些母鴨不在固定的地方，隨地生的蛋撿起來。

這項工作很簡單、很輕鬆，雖然繞一圈、撿一回只有一百二十元，可是一個月可以賺三千六百元，對我來說，是很大的數目。偶爾，老闆阿坤叔還會給我一些鴨蛋帶回家！

像這種簡單輕鬆、可以貼補家用，還可以替家人加菜的工作，我當然是樂而為之啦，直到現在，即使已經念國一了，我依然繼續做著。也因為我要撿鴨蛋賺錢，所以……沒辦法繼續練球！

進到貨櫃屋裡，阿坤叔正在講電話，我禮貌的喊了聲「阿坤叔」。阿坤叔邊講電話，邊對我點了頭，什麼表情也沒有。來這裡工作三個月多了，我早已習慣了阿坤叔的動作和語言，放下書包，提起籃子，逕自進到養鴨場。

雖然每天只工作約一小時，九十多天下來，鴨子們對我熟悉了，看到我出現，部分向我靠攏過來。我一時童心大作，「呱～呱呱」的大叫一聲，鴨子們聽了，立刻「呱」「呱」「呱」的回應。我覺得很好玩，「呱～呱呱」的再叫一次，鴨子們也「呱」「呱」「呱」的再次回應——好像我在和鴨子們對談似的。

我正想喊第三次「呱～呱呱」，「俊男，你神經病啊！鬼叫什麼？」的聲音在背後響起。不用想也知道，是阿坤叔。我伸伸舌頭，不敢再叫，低著頭，四下找鴨蛋。找了不久，找到一顆，我彎下腰，伸手撿進籃子裡。

有些母鴨很奇怪，阿坤叔明明替牠們準備好生蛋的地方，牠們不在那裡生，偏偏生在外面，還得耗費人力來撿。但也幸好有這些奇怪而不聽話的母鴨，我才有這份工作可做，有三千六百元可賺，所以……母鴨們，你們就繼續奇怪、不聽話下去吧！

又撿到一顆蛋，我拿在手中，不經意的用投直球的握法扣住它。說到直球，我想到了棒球。

國小畢業前，教練曾問隊友們，升上國中後，哪些人還想繼續打球。當時，我沒有舉手。後來，國中教練也到學校來探問，有誰進入國中後，還要繼續打球。那時，我也沒有舉手。

說實話，我很想繼續打球！而兩次都沒有舉手的原因，是因為當時我已經在養鴨場打工，打工的時間和練球的時間相衝突，為了賺錢貼補家用，改善家裡經濟環境，我只好忍痛放棄棒球！

忽然，池塘裡傳來一陣「嘩啦」「嘩啦」的水聲。我轉頭看，是一群在池面游水的鴨子，不知受了什麼驚嚇，引起一陣騷動，拍打水面而發出的。

這些鴨子有時很神經質，明明沒有什麼事，牠們會自動引發騷動；有時不干牠們的事，牠們也要「呱」「呱」「呱」的湊熱鬧，不久前附近有人放沖天炮，聽到「咻」「砰」的聲音，牠們不停的「呱」「呱」「呱」，不知是在歡呼，還是在應和，亦或是在罵放沖天炮的人擾亂清幽。

說到池塘，我一直有個疑惑——這三個多月來，我只在岸上撿鴨蛋，沒在池裡撿過，不知池裡有沒有蛋？不知有沒有母鴨游水游到一半，突然想生蛋，就直接把蛋生在水裡？

又撿起一顆蛋，喔！不是蛋，是石頭，是一顆如鴨蛋般大小的蛋型石頭。我放在掌心拋了拋，不由自主的用投直球的握法扣住它，然後高舉雙手、轉身、抬腳、跨步、扭腰、揮臂，順勢把石頭「投」出去。

那石頭像球一樣，一直線的飛過池塘，掉落在對岸。我心裡剛喊完「好球」兩個字，突然間，「啪」的一聲，跟著屁股傳來一陣劇痛，趕緊轉身看，是阿坤叔，他正惡狠狠的瞪著我，剛才屁股的痛，是他用

手掌賞給我的。

「你這個猴死囝仔！好好的鴨蛋，你拿來當球丟呀！」阿坤叔惡煞似的說。

我一手提著籃子，一手揉著屁股，忍著痛說：「阿坤叔，那不是鴨蛋，是石頭啦！」

聽到「石頭」兩個字，阿坤叔發覺他誤會我了，但還是硬要面子的說：「就算是石頭，也不能亂丟呀！萬一丟到鴨子怎麼辦？」

「我……看好了那邊沒有鴨子才丟的，怎麼會丟到鴨子？」我繼續忍著痛說。

聽了我的話，阿坤叔一時語塞，停了一會兒才說：「好了好了，算我誤會你，趕快把鴨蛋拿進去放好。」說完，他轉過身，走進貨櫃屋，那樣子，簡直是落荒而逃，只是沒有夾著尾巴而已！

阿坤叔落荒而逃不重要，重要的是我的屁股。剛才阿坤叔不知使了多大的力氣打，直到現在，我的屁股還隱隱作痛呢！我繼續用手揉著屁股，這次，用兩手揉。

把鴨蛋放好，我背起書包，說了聲：「阿坤叔，我要回家了。」

阿坤叔叫住我，遞給我一袋鴨蛋，說：「這些……帶回去給你爸爸媽媽吃。」

「帶回去給我爸爸媽媽吃？我看不是吧！應該是為了剛才錯打我的事道歉才對！」我邊收下鴨蛋邊想。

3 我的家是回收場

離開養鴨場，走到坡頂，回到學校後方，我停下腳步，側著耳朵，想聽聽看棒球隊是不是還在練球。可惜除了幾聲鳥叫外，什麼聲音也沒有，棒球隊應該結束練球了。

我邁開腳步，往和學校後方的相反方向走，走向另一個目的地——家。

為了方便，大多數的人都選擇住在人口聚集的地方，只有我們家例外，由於家庭環境和爸爸工作的關係，我們住在較偏僻的郊區，那附近只有我們一戶人家，沒有左鄰，也沒有右舍。

走著走著，不遠的前方出現一間簡陋的矮房，那就是我家。說是家，不如說是工寮，或是倉庫，亦或是農舍比較貼切，因為它和別人的家比起來，根本不像家。

遠遠看過去，有個婦人彎著腰在屋旁的菜園裡工作，那是我的媽媽，她應該在張羅晚餐要吃的配菜吧。再走近一點，一團黑影忽然從路旁竄出來，牠是小黑，我從小的玩伴，也是在家裡我唯一可以聊天的對象。

小黑在我腳邊繞來繞去，不停的發出「嗯」「嗯」的聲音。我知道牠在歡迎我、向我撒嬌，隨即蹲下身子，撫摩著牠的頭，說：「好了好了，我知道了！」雖然已經告訴小黑「我知道了」，牠還是興奮的「嗯」「嗯」個不停。

再靠近家，陣陣難聞卻很熟悉的味道鑽進我的鼻孔，我不敢嫌惡，也不敢作嘔，用正常的呼吸頻率把這些味道吸進我的肺裡。

我的爸爸是做回收的，他收回來的東西，若沒立即賣給回收場，就堆放在屋子四周。紙箱、廢紙被雨水淋溼了，

會發出黴味，寶特瓶還好，鐵罐和鋁罐裡若有殘留的飲料，放久了，會發出腐酸味。黴味和腐酸味摻雜在一起，就成了我從小聞到現在，難聞卻很熟悉的味道。

來到家門前，媽媽正好採好了菜，看到我，她嘴一咧，笑著說：

「俊男，回來了！」

我看媽媽一眼，把鴨蛋交給她，什麼話也沒有說，直接進到屋裡。

沒和媽媽講話，不是我沒禮貌、不孝順，那是因為……因為……我媽媽是個輕度智能障礙者，她只能聽懂簡單的話，做簡單的事，如果跟她講很多話，或是複雜的話，之後還要花時間說明，她也不見得聽得懂。長久的經驗告訴我，三緘其口才是上上之策！

至於簡單的事，就拿那袋鴨蛋來說好了，絕不能交代媽媽要怎麼煮，因為她煮不出來，只能隨便她、任由她怎麼煮——通常，她隨便煮出來的，只有煎蛋和蛋花湯！

進到房間，我一屁股在床鋪坐下，就在屁股碰到床板的一瞬間，一陣痛楚襲來，我立刻彈跳起來，伸手揉著，一邊揉，我想起了阿坤叔那一掌：「奇怪！阿坤叔看起來瘦瘦的，怎麼力氣那麼大？」

我脫下褲子，拿小鏡子一照，只見雪白的屁股上，印著一個模糊的紅色手掌印，「阿坤叔，你真殘忍啊！」我在心裡罵著，不過，挨打也是我自找的，誰叫我沒事亂丟？雖然阿坤叔誤會我，但已經用鴨蛋抵償了，我就小人不計大人過吧！

這時，爸爸那輛老三輪車的引擎聲傳了過來。我趕緊穿上褲子，到外頭去幫爸爸卸貨。三輪車的後車斗上，堆滿了爸爸的「戰利品」，廢紙、寶特瓶、鐵鋁罐，還有一臺洗衣機。

我比手畫腳的問爸爸：「洗衣機是好的還是壞的？」爸爸比手畫腳的答：「是壞的，誰會把好的丟掉？」

為什麼要和爸爸比手畫腳？因為他是瘖啞人士，聽不到，也不會說話。從懂事開始，我就是用比手畫腳的方式和他「說話」。也因為爸爸是瘖啞人士，沒有老闆願意僱用他，他也找不到工作，只好以撿回收物維生，我們才會住得離人口聚集的地方遠一點，才不會遭人嫌、惹人厭！

和爸爸把洗衣機抬下後，我很熟練的做分類——這些工作做多少年了，不熟練才怪！整理鐵鋁罐時，從一個鋁罐裡流出許多黃色液體，那是沒喝完的飲料，我看了，覺得很可惜，如果是小時候，我可能會把它拿起來喝。

其實小時候，有一次，我真的把爸爸收回來、別人沒喝完的飲料拿來喝，結果被爸爸「咿咿呀呀」「啊吧啊吧」的罵了一頓，他當時罵的是「我們雖然窮，也要窮得有志氣，怎麼可以撿人家喝剩的東西喝？」

不過說真的，當物質欲望不能滿足的時候，要窮得有志氣，好像……不容易！

整理好爸爸收回來的東西，晚餐時間到了，餐桌上，放著一鍋飯、三盤菜和一碗公湯。我說的沒錯，煎蛋和蛋花湯果然出現了，另外兩道則是炒地瓜葉和炒空心菜，這是我們家的家常便飯。我還好，在學校吃午餐，每餐都可吃到肉，爸爸媽媽可是道道地地的「無肉令人瘦」！

爸爸夾了一小塊煎蛋後，比手畫腳的問我：「蛋是哪兒來的？」

我比手畫腳的答：「是阿坤叔給的。」

爸爸停下筷子，看看我，比手畫腳的說：「阿坤叔對我們很好，不但讓你去打工，還常常送我們鴨蛋，你一定要好好的做。」

我頓了一下，比手畫腳的說：「爸，你放心，我會認真做的。」

本來我想把被阿坤叔打屁股的事告訴爸爸，但怕被他罵，也怕他擔心，當下決定把這件事隱藏起來。

爸爸扒了兩口飯，又比手畫腳的說：「明天去養鴨場時，替我向阿坤叔道謝、問好。」

我吞下嘴裡的飯菜，比手畫腳的說：「好，我會的。」

晚餐後，媽媽很熟練的收拾碗筷瓢盤，並且拿去洗，因為這些事很簡單，她很熟悉。爸爸去洗澡，我一邊等著洗澡，一邊瀏覽著爸爸收回來的舊報紙——我家沒有電視，我的資訊都來自這些舊報紙。

翻著翻著，「臺灣『般』雄了得，兩度三振一朗」兩行偌大的字，出現在我眼前。

這不是下午生物老師說的嗎？我集中目光，一個字一個字的看下去：

臺灣旅美棒球投手陳偉殷，昨天在金鶯隊對上洋基隊一役中，連續兩次三振日本名將鈴木一朗……

4 被主任找麻煩

雖然已經進入秋天了，天氣卻依然像夏天那樣熱，早上，從家裡走到學校，就走得我揮汗如雨，全身散發熱氣，唉！這就是住在離人口聚集的地方有一段距離的壞處——天氣熱，會讓人走到汗流浹背；天氣冷，會讓人走到渾身發抖。

我常常想：將來我如果獨立成家，也要住在人口聚集的地方，才不會讓我的孩子跟我一樣。不過，那也得看將來我做什麼工作，如果和爸爸一樣，那就算了。

好不容易身體涼下來了，晨間打掃的時間到了，我拿著竹掃把，往外掃區出發。外掃區在操場邊，那裡有一排榕樹，我負責的工作就是把地上的樹葉掃掉。

要把樹葉「掃掉」，根本是不可能的。才剛掃進畚斗裡，風一吹，又飄下來幾片，這樣掃、飄，掃、飄的，哪可能掃得完？像我家，周圍也有幾棵樹，我們從來不掃落葉。葉子掉落到地面上，沒多久，就和泥土合而為一，這是多麼省力又自然的消失法呀！

來到操場邊，棒球隊已經在場上展開練習了。一眼看去，都是球員，惟獨沒看到教練的影子。「嗯！這些傢伙挺乖的嘛！沒有教練看，他們也絲毫不偷懶。」我在心裡誇讚著。

揮動掃把，我像寫大字那樣在地上掃樹葉。我說的沒錯，剛把樹葉掃成一堆，一陣風吹過，又飄落下來幾片黃葉，我一掃開，又飄了下來，哎！這樣掃、飄，掃、飄的重複，哪掃得乾淨？哪能把樹葉掃掉？

忽然，一聲聲清脆響亮的「鏗」「鏗」聲傳了過來，打過棒球的人都知道，那是球和鋁棒撞擊後發出來的——棒球隊在練打擊了。我轉過身子，看到球員們兩兩一組，一個在旁邊拋球，另一個揮棒把同伴拋出的球打進網架裡，「鏗」「鏗」的聲音就是這樣製造出來的。

看著看著，我情不自禁的舉起掃把，依樣畫葫蘆的跟著揮動「球棒」，一下、兩下，就在我揮出第三下時，掃把不知被什麼東西拉住，或是鉤住了，我用力一揮，掃把從我手中脫落。

轉身一看，是學務主任，他手中拿著掃把，惡狠狠的瞪著我，說：「你不好好掃地，在做什麼？」

「我……我在……練……揮棒。」我支支吾吾的答。

「練揮棒？這是掃把耶！又不是球棒，你練揮棒？打到人怎麼辦？」主任連珠炮似的說。

「我……我有看清楚，不會……打到人。」我努力解釋。

「不會打到人？你說不會就不會呀！萬一打到了呢？」忽然，主任停了下來，朝我看了又看，發現什麼似的說：「喔！我想起來了！你就是昨天放學後，那個想爬牆的傢伙，對不對？」

聽到主任又誣賴我，我趕緊解釋：「主任，我不是爬牆！我是站在上面看……看球隊練球。」

主任不理我的解釋，更大聲的說：「昨天想爬牆，今天拿掃把亂揮，還要狡辯，幾年幾班的？」

「我……」我還沒說完，「主任，這個學生怎麼了？」的聲音響起。我轉頭看，說話的是一個穿著運動服的男老師——他應該是老師吧！

主任舉起掃把，指著我說：「這個傢伙掃地不掃地，拿著掃把像打棒球那樣亂揮，幸好被我制止，不然就打到人了。」

「主任，你亂講！這旁邊根本沒有人，我哪可能打到人！」我瞪著主任，在心裡大叫。

主任繼續指著我說：「昨天放學後，他想爬牆，被我逮著了，卻辯解說在看棒球隊練球，真是狡猾！」

「主任，我說過了，我真的是在看棒球隊練球！」我繼續在心裡大喊。

主任又嘰哩呱啦的數落我一大堆，就自顧自的和老師一邊聊著，一邊看球隊練球，把我像空氣般的「晾」在一旁。我離開也不是，不離開也不是，像個傻子似的站在旁邊「陪」他們聊天。

後來，主任終於發現我了，又是一陣嘰哩呱啦之後，才把掃把還給我，叫我走開，還撂下一句：「下次給我小心點！」

哎！我和學務主任大概是「相欠債」吧，才會連著兩天遇到他，連著兩天被他誣賴、找麻煩，「我真的要小心一點了，不然，以後的日子就難過了。」我提醒自己。

走了幾步，我忍不住回頭看。主任已經結束了和那位老師的談話，正向我的方向走來。我一邊想「主任是不是要繼續找我麻煩」，一邊加快腳步往前走，還故意繞過來、拐過去，存心讓主任跟不上，找不到，因為他還不知道我是幾年幾班的。

第一節國文課上完，我已經被催眠得昏昏欲睡，課本都來不及收，就趴在桌上閉目養神。才趴了一下下，「曾俊男，外面有老師找你。」──的聲音傳來。

「有老師找我？難道是學務主任找上門了？」我趕緊抬起頭往走廊看去，沒有主任的影子，只有早上和主任聊天的那位老師，他看著我，招手叫我出去。

「難道他也要找我麻煩嗎？」我站起身子，戰戰兢兢的走到他面前，抬頭看著他。

「你叫曾俊男？」老師先開口問。

「嗯！」我點點頭。

「我是棒球隊的教練。」

「教練？上次到國小去問隊友，升上國中要不要繼續打球的，不是他呀！」我很懷疑。

大概是看到我一臉疑惑的臉色，他說：「我是這兩天才來的新教練。」

「喔！新教練！他來找我做什麼呢？」我盯著這位教練看。

「聽黃志剛和邱天富說，你國小時也打棒球，而且是左投手。我想知道你為什麼不打了？」

我頓了頓，說：「就……不想打了嘛！」

「現在隊上缺少左投手，正好你是左投手，如果我找你加入，你願不願意？」

「願不願意？」我看著教練，沒有回答。

「左投手是很吃香、很有前途的，像陳偉殷就是。」

「又是陳偉殷！」我還是沒回答。

教練好像還想說，可是上課鐘響了，他留下一句「你好好考慮考慮，我會再來找你。」就離開了，我也進教室準備上課。

5 我的夢想是養鴨子

坐定後，準備上課。這節是什麼課呢？我努力的想，就是想不起來，只好使出我慣有的伎倆——左看右瞧。

左邊同學正從書包裡拿出數學課本，右邊同學桌上躺著數學課本。根據之前的經驗，只要左右兩邊的同學拿出相同的課本，那一節就是上那一門課，跟著他們做就不會錯，於是，我從書包裡抽出數學課本。

說起來也真丟臉，開學都快一個月了，我竟然還弄不清楚哪一節要上什麼課、該拿什麼課本！但我要強調：我的頭腦很正常，不像……不像我媽媽……只能做簡單的事，我只是懶得記、懶得查看功課表罷了。

數學老師進來了，這節果然是數學課。雖然我是跟著左右兩邊的同學拿課本，但心裡還是泛著淡淡的「猜對」的喜悅。

老師開始講課，聽不到幾分鐘，我的耳邊忽然響起教練問我的「如果我找你加入，你願不願意」，腦子裡跟著想著願意和不願意的問題。

想願意，眼前浮現一幅我把球一顆顆投進邱天富手套裡的畫面，接著畫面一閃，阿坤叔和養鴨場的景象出現了。想不願意，眼前浮現一幅我提著籃子，把一顆顆鴨蛋撿起來的畫面，跟著畫面一跳，出現了教練在走廊上向我招手的影像——願意和不願意在我腦中進行著一場僵持不下的拔河比賽。

忽然，一陣爆笑聲響起，聲音很大，大到讓我回過了神，張眼一看，只見同學們都看著我，而且每個人都咧著嘴，可見笑聲是他們製造出來的。

抬頭看看老師，他正用一種「你到底在做什麼」的眼神看著我。我不知道究竟發生了什麼事，只好用「怎麼了」的眼神回看老師。

「喂！剛才老師在叫你，叫了兩次，你都沒反應。」左邊的同學低聲告訴我。

啊！老師叫我！他什麼時候叫我了？我怎麼沒有聽到……喔！一定是剛才我在想願意和不願意時叫的！

我還沒想到該有什麼反應，老師開口了：「今天不是初一，也不是十五，更不是哪個神明的慶典，教室裡怎麼有座神像定在那裡？」

老師說完，教室裡又是一陣哄堂大笑。我知道老師說的「神像」就是我，兩邊臉頰頓時灼熱起來。

「有句話叫『老僧入定』，這位同學，我叫了你兩次，你都紋風不動，簡直比老僧還要更入定啊！」

「啊」一聲停止，不用想也知道，又是一陣爆笑聲。有句老掉牙的話說，「如果地上有個洞，我真想一頭鑽進去。」真的！如果地上有個洞，我真的想一頭鑽進去！

後來的時間是怎麼捱過的，我完全不清楚。下課鐘一響，我就直奔廁所，一來，是為了解決膀胱膨脹的問題，二來，是要避開同學們的眼光。

膀胱膨脹的問題解決了，我卻仍然站在小便斗前，假裝正在解決膀胱膨脹的問題，直到上課鐘響，才回教室——這十分鐘好漫長呀！

為了不讓老師再說我是「神像」，也不讓同學再對我爆笑，更不讓自己為避開同學的嘲笑而躲到廁所，接下來的兩節課，我很努力的控制自己的頭腦，當願意和不願意準備拔河時，我不是用力甩甩頭，就是捏捏臉頰，只差沒有懸梁刺股，藉此讓頭腦保持清醒，專心聽課。

下午第一節課是班會。

升上國中還不到一個月，同學之間並不怎麼熟稔，怕講錯話引來笑柄，會議中，沒有人敢隨便舉手發言。加上國小時沒開過班會，大家都缺乏經驗，主席不知該如何主持，班級幹部只說一兩句話，原本一節課的班會，不到十分鐘就結束了，剩下的時間，全交給阿導。

阿導先指導大家怎樣開班會，再提醒同學要改變學習的方法和態度，盡快適應國中生活，並要同學立一個夢想，才有努力的方向，最後，要同學們說說自己的夢想。

鄭雅如第一個被叫起來——阿導很識貨，鄭雅如功課好，又落落大方，叫她起來，她一定能侃侃而談。

果然，鄭雅如站起來就說：「我爸爸是醫生，我從小看他治病、救人，受到他的影響，我將來也想當醫生，學我爸爸治病、救人。」

阿導點點頭，滿意的說：「很好！自從新聞常常報導醫護人員被打的消息後，想當醫生的人越來越少了。鄭雅如是女生，還想當醫生，真是難得。預祝你的夢想早日實現！」

接著被點到的是一個叫什麼「保」，還是什麼「寶」的男生，他學鄭雅如的口吻說：「我爸爸是廚師，我從小受到他的影響，將來也想當廚師。」

啊！原來他爸爸是廚師，難怪他長得這麼胖！「既然他爸爸是廚師，可見他家的伙食一定很好！」我心裡想。

前面兩個同學說的夢想都和爸爸有關係，那我呢？等一下我若是被點到，是不是也要說和爸爸有關的夢想？不行！我如果說「我將來想要做回收」，一定會像早上一樣，引來哄堂大笑！

啊！我想到了！讀國小時，我有個「當職棒選手」的夢想，就說這個吧！可是……不行呀！萬一我說「將來想當職棒選手」，阿導若是問「你既然想當職棒選手，為什麼不參加棒球隊」怎麼辦？我一解釋，爸爸不就也出現了？那……我要說什麼呢？

就在我絞盡腦汁的時候，阿導陸續叫了幾個同學起來，他們說了些什麼，我完全沒聽進耳裡，只知道他們越說越少、越說越短。

忽然，「曾俊男是哪一位？起來說說看。」的聲音傳來。

「糟了！叫到我了，我還沒想到，怎麼辦？」我一邊著急，一邊

緩緩站起來，情急之下，竟然脫口而出：「我將來要開一座養鴨場，養很多鴨子……」我還沒說完，笑聲和吱喳聲交雜響起。頓時，我不知所措起來。

「養鴨子？不錯呀！做得好還可以企業化經營、賺大錢呢！」

聽了阿導的話，同學們靜了下來，我的尷尬也化解了。坐下後，我忽然想到：「奇怪！我怎麼會講養鴨子是我的夢想呢？」

6 我的抱怨和感謝

走出校門，校門口依舊車水馬龍，相約去補習班的、吆喝一起回家的，還有討論待會兒去哪兒做什麼的……每天的這個時候，這些人和這些景象一定會重新出現一次。而我，也一如往常的獨自走向我的目的地，因為我不能去補習，也不能馬上回家，更不能去哪兒做什麼，我只能去「那裡」做「那個」！

走沒多遠，我看到班上那個叫什麼「保」，還是什麼「寶」的，他坐在路旁的麵攤前，低著頭，大口大口的吃麵。

有句話說「羅馬不是一天造成的」，同樣，胖子也不是一天積成的！才剛放學，他已經坐在那兒吃麵，動作可真快呀！現在才接近五點，他吃了麵，待會兒還要吃晚餐嗎？

看著那個叫什麼「保」，還是什麼「寶」的吃得津津有味，好像很好吃的樣子，我的食慾也被刺激了，嘴裡竟然流滿了口水，偷偷吞下之後，趕緊快步走開，免得再受到誘惑。

來到學校後方，「啪」「啪」「啪」的聲音從圍牆裡傳了出來。我很想攀上牆頭看球隊練球，又怕被學務主任看到，像小偷那樣的左右張望起來。最後，我決定不看——萬一學務主任又突然出現，我不就吃不了兜著走嗎？

正準備離開，學務主任果然出現了，唉！真是說曹操，曹操到！我趕緊喊聲：「主任好。」

主任看看我，說：「又是你！你在這裡做什麼？」

這次，我沒有揮掃把，也沒有攀上牆頭，所以氣定神閒的指著下坡處說：「我要去那下面。」

主任跟著看了看下坡處，問；「你去那下面做什麼？你家在那裡嗎？」

本來我不打算說真話，但想想，打工又不是壞事，為什麼不要說真話？說了，也許可以改變一下我在主任心中的印象呢，於是說：「去打工。那下面有一座養鴨場，我在那裡打工。」

聽到我要去打工，主任兩眼突然變大，用訝異的口氣說：「啊！你在養鴨場打工！」

「對呀！我從六月開始就在那裡打工了。」我說。

主任看我一眼，眼睛恢復到正常大小，臉色緩了，說：「現在願意犧牲玩樂時間，肯為家裡分擔責任的孩子很少了，你……很不錯。」

聽了主任的話，我很得意，得意的不是他誇獎我，而是我的陰謀得逞了——他應該改變了對我的印象，以後大概也不會再找我的麻煩了！

和學務主任道別後，我走下山坡，來到養鴨場。踏進貨櫃屋，我正想叫「阿坤叔」，卻看到阿坤叔嘴巴張得大大的躺在沙發上睡覺。我沒敢吵醒他，輕輕巧巧的放下書包，提起籃子，進到養鴨場裡。

鴨子們看到我，以為籃子裡裝著餵牠們的東西，一部分向我圍攏過來。

看到鴨子，我想到下午開班會時，我說「將來要開一座養鴨場，養很多鴨子」的夢想，現在終於想到為什麼會那樣說了，因為養鴨子是我目前接觸到最實在、最有前途、最「高級」，我覺得最有未來性的行業！

記得六月，我剛來養鴨場打工時，其實是很排斥、很厭惡的，因為別的同學放學後，可以做他們喜歡的事，我卻得到養鴨場撿鴨蛋，聽鴨子們「呱」「呱」的吵鬧聲，甚至還要看阿坤叔的臉色，吃他的排頭。

那段時間，我常常抱怨為什麼我不能像別的同學一樣，抱怨我為什麼會生在這樣的家庭裡，抱怨我為什麼會有一個又聾又啞的爸爸，有一個只能聽簡單的話、做簡單的事的媽媽。

經過一段時間後，我想通了，也釋懷了，抱怨消失了，反過來感謝爸爸和媽媽，感謝爸爸沒有把他的又聾又啞遺傳給我，感謝媽媽沒有讓我像她那樣只能聽簡單的話、做簡單的事！

我還感謝他們幫我取了「曾俊男」這個名字——我一直認為爸爸媽媽替我取名為「俊男」，是希望我身上不要有他們的缺憾。正好爸爸姓曾，「曾俊男」「真俊男」「真正英俊的男孩」！說，我能不感謝爸爸媽媽嗎？

忽然，我眼睛一亮，發現一隻長得很奇怪的鴨子。經過一番追逐，我抓到牠了，仔細一看，是一隻三隻腳的鴨子——兩隻正常腳的中間，多長了一隻腳。

看著這隻三腳怪鴨，我既驚奇又心疼，憐憫的說：「真可憐，一定是你爸爸或媽媽遺傳給你的。跟你比起來，我幸運多了，雖然我爸爸媽媽都是殘障人士，我卻很健全！」

把三腳鴨放回地上，牠一溜煙就回到鴨群裡。看著牠消失在「茫茫鴨海」中，我忽然想：「如果那隻鴨子有靈性，不知道會不會抱怨牠的爸爸或媽媽給牠這樣的遺傳？」

再也看不到那隻三腳鴨的影子了，我提起籃子，重新回到我的工作。今天不守規定的母鴨比較少，我繞了養鴨場一圈，撿不到十顆蛋。回到貨櫃屋，把蛋放好，我背了書包，準備回家。

「俊男，你等一下。」阿坤叔叫住我——他不知什麼時候醒來了。

「阿坤叔，有什麼事嗎？」我問。

「我怕忘了，先跟你說。」阿坤叔說：「後天星期日上午，有客戶要來買鴨

子，你有沒有事？沒事的話，來幫忙抓鴨子。」

星期日？我本來就沒有事，二話不說的答：「我沒事，我來。」

走出貨櫃屋，我想起暑假有一次，有個客戶向阿坤叔買鴨子，我來幫忙抓。那個客戶用現金交易，我記得很清楚，他給了阿坤叔一疊厚厚的千元鈔票，那疊厚厚的千元鈔票有多少錢，我不知道，我猜，應該可以用「萬」字……不！應該可以用「幾十萬」算吧！

後來，阿坤叔還給了我八百元當作工作獎金——八百元，不知道爸爸要回收多少廢紙、寶特瓶和鐵鋁罐，才賺得到呢！

養鴨子！養鴨子有什麼不好？如阿導說的「做得好還可以賺大錢」呢！就像阿坤叔，星期日客戶買了鴨子後，想必又會給他一疊厚厚的千元大鈔；那一疊厚厚的千元大鈔，就是賺大錢最好的證明！

7 專程來訪的老隊友

走著走著，那間像工寮，像倉庫，像農舍的矮房子就在前方了。

我停下腳步，仔細的回想過去的十三年，是怎麼在這間房子裡度過的。沒有記憶之前，我不知道；有記憶之後，我就是跟著爸爸和媽媽「這樣」走過來的！

有句話說：「金窩銀窩，不如自己的狗窩。」沒錯，雖然我的家像工寮，像倉庫，像農舍，但每天的這個時候，我一定會投入「她」的懷抱；每當在外面受到委屈或挫折時，我第一個想到的，也是

「她」！

小黑又從路旁竄了出來，不停的重複著牠一成不變的迎接儀式。我也一成不變的蹲下身子，一成不變的撫摩牠的頭，一成不變的摸摸這兒、捏捏那兒。

說到小黑，其實牠也很可憐。我上學的時候，牠待在家裡，爸爸不可能和牠說話，媽媽也不會和牠說話，只有等到我回家，牠才有機會和「人」說話，難怪牠每天都用這麼興奮的儀式迎接我！

回到家門前，媽媽坐在門檻上，左手拿著一個玻璃罐子，右手指抓著罐子的蓋子，用力的扭著——看樣子，她想把玻璃罐子的蓋子扭開。只見她扭得咬牙切齒，扭得臉紅脖子粗，蓋子還是牢牢的套在玻璃罐上。

我什麼話也沒說，直接從媽媽手裡拿過玻璃罐子。那是昨天爸爸帶回來的麵筋罐頭，看樣子，應該是晚餐的配菜。

「看好喔！我教你。」說完，我從地上撿起一個拳頭般大小的石頭，在蓋子的四方各敲一下，然後左手拿緊罐子，右手指抓著蓋子，稍微一扭，「啵」的一聲，就打開蓋子了。

我把罐頭交給媽媽，說：「以後就這樣開，會不會？」

媽媽接過罐頭，露出佩服的眼神，咧著嘴說：「會！會！」

看著媽媽的反應，我忍不住輕輕嘆一口氣：「唉！這就是我的媽媽，我只會聽簡單的話，做簡單的事的媽媽！」

進到房間，因為沒事做，我把身子一倒，躺在床上胡思亂想。

說到這間像工寮，像倉庫，像農舍的家，讀國小時，我就是聽了教練說的「將來有機會打職棒」，才加入棒球隊的，因為打職棒可以賺很多錢，我就可以買一棟像樣的房子，不用在住在這間像工寮，像倉庫，像農舍的矮房子裡了。只是……這個夢想再也無法靠打棒球實現，我唯一的希望，就寄託在養鴨子。

忽然，一個黑影從我眼前飛過，然後停在牆上。定眼一看，是一隻蟑螂。屋旁堆滿了爸爸收回來的東西，吸引了許多不受歡迎的客人來投宿，屋裡有蟑螂，是很稀鬆平常的事。

我隨手從書桌上拿起一條橡皮筋，套在右手食指和左手拇指上，雙手合成手槍狀，兩指連成一線，然後瞄準、發射，「啪」的一聲，橡皮筋準確的射在蟑螂身上，一起掉落到地上，蟑螂肚破汁流，一命嗚呼！

這種用橡皮筋射蟑螂的功夫，我從小練到大，要失手，簡直比登天還難！正得意於我的傑作，屋外傳來小黑「汪」「汪」的叫聲。

如果是爸爸回來，小黑會用迎接我的儀式迎接他。小黑會「汪」

「汪」叫，表示有陌生人來，「會是誰呢？」我一邊想，邊走出去看個究竟。

來到外面，只見黃志剛和邱天富各牽著一輛腳踏車，動也不敢動的站著。小黑對著黃志剛和邱天富齜牙咧嘴的狂叫，一副保衛家園的架勢。我一面喝止小黑不要叫，一面拿狗鍊把牠拴住，再把黃志剛和邱天富帶到我的房間裡。

由於環境衛生的緣故，根據過去的經驗，他們若是沒有什麼重要的事，是不可能來的，所以我試探著問：「你們兩個怎麼會突然跑來？」

「我們是專程來看你的，你忘了？我們是老同學、老隊友耶！」邱天富說。

這個邱天富，要說謊也不先打草稿，「我們是專程來看你的」！

鬼才相信咧！

「少騙人了啦！」我本來還想說「以前你們怎麼不來」，但忍住了。

「我們真的是專程來的，是專程來找你，不是專程來看你。」黃志剛接話。

專程來找我？那就表示有重要的事！「找我有什麼事？」我問。

「找你回去練球呀！」邱天富說。

黃志剛接著應和：「對呀！國小時，你不是也有打職棒的夢想？我們來找你一起實現夢想。」

這兩個人，什麼時候不來找，偏偏這個時候來，當我是傻瓜，好騙啊！我看看他們，說：「是教練叫你們來的對不對？」

「你怎麼知道？」邱天富問。

「我當然知道，教練已經先找過我了。」

「那你覺得怎麼樣？」邱天富又問。

我還沒回答，黃志剛先說：「現在隊上所有的投手都是右投，缺了左投。教練聽我們兩個說你是左投，而且投得很好，所以叫我們兩個來說服你，希望你加入球隊，繼續練球。」

聽了黃志剛的話，我有點惘然了，彷彿又回到國小時，一起和他們打球的時候，接著腦海又浮現出我站在投手丘上投球的樣子。忽然，「曾俊男，你覺得怎麼樣？」的聲音把我叫回了神。

「啊！什麼怎麼樣？」我糊塗的問。

「加入球隊，繼續練球呀！」邱天富說。

「其實你不用馬上回答，教練只是叫我們來遊說你，你好好考慮吧！」黃志剛說。

這時，外頭傳來爸爸那輛老三輪車的引擎聲。我一邊看外面，一邊說：「我爸爸回來了。」

黃志剛說：「那……我們先回去了，加入球隊的事，你再考慮吧！」

「一定要考慮，最好是……答應啦！」邱天富補強說。

送黃志剛和邱天富出門，小黑又是一陣瘋狂的「汪」「汪」叫。

他們兩個離去後，爸爸比手畫腳的問：「那兩個人是誰？」

我比手畫腳的答：「是我國小同學啦！」

爸爸又比手畫腳的問：「他們來做什麼？有什麼事？」

我沒有說他們來找我加入球隊，比手畫腳的答：「因為畢業後就沒有聚在一起了，他們來找我聊天啦！」

我一邊幫爸爸把車後斗的東西卸下來，一邊想著黃志剛和邱天富說的加入球隊的問題，想到頭腦很亂，一直分類錯誤，被爸爸「咿咿呀呀」「啊吧啊吧」的糾正了好幾次。

8 球場外的我

昨晚睡覺前，爸爸比手畫腳的對我說：「明天鄉裡的運動場舉辦慢速壘球比賽，會有很多寶特瓶和鐵鋁罐，你有沒有事？沒有的話，跟我一起去撿。」

我看爸爸一眼，比手畫腳的答：「我沒事，我跟你一起去。」

從懂事開始，我就常常跟著爸爸出門收回收物。剛開始，由於年紀小，把跟爸爸出門當做出去玩，偶爾，爸爸會買些零食或飲料給我解饞，所以我每次都是歡天喜地的跟爸爸出門。

稍微長大之後，我發現跟爸爸出門，有時會被別人指指點點，遇到認識的人還會很尷尬，歡天喜地的感覺就逐漸消失了。不過，只要爸爸找我，我還是會跟他出去，只是得準備兩樣「防身」工具。

早上，沒有讓爸爸或媽媽叫，我就自動起床了——這些年來，除了生病爬不起來，我從來沒讓他們叫過。刷牙洗臉，吃了早餐，我換了一套比較像做回收的穿的衣褲，拿了我的「防身」工具，就和爸爸一起出門了。

爸爸騎著三輪車，我坐在旁邊的「副駕駛座」上，朝運動場前進。

「噗」「噗」的引擎聲，不斷傳進耳裡，我想起剛讀國小一年級的時候，爸爸就是用這輛三輪車送我上學的，那時，我坐在後車斗裡。

現在讀國中了，學校裡有些同學是被家長用汽車或摩托車接送，如果有一天，我像現在這樣被爸爸送著上學，我想，一定會在校園裡引起大轟動吧！

快到運動場了，我不聲不響的拿出第一樣「防身」工具——帽子，往頭上一戴，再把帽沿往前拉低，遮住額頭。接著，拿出第二樣「防身」工具——口罩，把眼睛以下的半張臉罩住，只露出一雙眼睛，加上一身像做回收的穿的衣褲，別人就不會認出我了。

來到運動場，所有的球員都集合在場上舉行開幕式。還沒開始比賽，沒有人喝飲料，當然也就沒有東西可撿，我和爸爸就待在旁邊等著。

比賽開始了，我比手畫腳的問爸爸：「我們是要一起撿？還是分開撿？」

爸爸想了想，比手畫腳的答：

「我們分開撿好了，才能撿得比較多。」

分開撿！也好，這正是我心裡想的。如果一起撿，即使我戴著帽子和口罩，也會被認識爸爸的人認出來。分開撿，就不會有人知道我是曾俊男、曾俊男是我了。

比賽剛開始，球員還不累、不渴，沒什麼東西可撿，我就站在球員休息區旁看比賽。

忽然，我眼睛一亮，看到了一張似

曾相識的臉，仔細看看，竟然是那天到教室找我的教練，他也來參加比賽了，幸好帽子和口罩遮住了我，若是被教練看到我在撿回收物，會有多尷尬呀！

雖然有帽子和口罩掩蔽，為慎重起見，我還是離球員休息區遠一點比較安心。

陽光越來越強，比賽越來越激烈，寶特瓶、飲料罐開始躺在地上，出現在垃圾桶裡。我穿梭在球員休息區和觀眾席裡，把這些可以賣錢

的瓶瓶罐罐，一個不漏的撿到我手中的塑膠袋裡。

第一場比賽結束後，第二場跟著登場。我眼睛又是一亮，因為邱天富也來參賽了！他還是做他的老本行——當捕手。

慢速壘球的打法和棒球差不多，最大的不同是投手的投球方式。慢速壘球是用拋的方式把球拋向打擊區，球落地後才會彈向捕手，捕手再把球撿起來丟回給投手。就是這麼簡單，換做是我，絕對也可以勝任愉快。

幾次攻守交替後，輪到邱天富上場打擊。只見他煞有其事的站進打擊區，煞有其事的揮了揮棒子，等著投手投球。投手把球由下往上一拋，球飛了出去，以拋物線的弧度飛向打擊區。

落到腰部的高度時，邱天富棒子猛力一揮，球沒打到，整個人還因重心不穩而跌坐在地上，引起全場一陣哄堂大笑。第二球，邱天富打到了，不過是個軟綿綿的小飛球，輕而易舉就被對方接住了。

接下來，我因為要撿瓶瓶罐罐，沒有再繼續看下去，邱天富他們那隊是贏是輸，就不得而知了。

中午休息時間，球員各自聚集在樹蔭下吃午餐。我和爸爸回到三輪車旁，等著他們吃完午餐後，去撿留下的瓶瓶罐罐。

爸爸比手畫腳的問我：「你餓不餓？要不要吃東西？」

我舉起手正要比，一個人影忽然出現，說：「曾俊男，這兩個便當給你們。」

我定眼一看，是邱天富，他拿著兩個便當，笑瞇瞇的看著我。

我都已經包得密不通風的了，邱天富竟然還能認出我！我問：「你怎麼知道是我？」

「我看到你爸爸和他的三輪車，猜想你應該也會來，就過來碰碰運氣囉！」邱天富說。

「你把……給我們，你吃什麼？」我有點不好意思。

邱天富說：「我們那隊是我爸爸組的，早上我看到你爸爸後，就叫我爸爸多訂兩個，放心啦！夠吃啦！你拿去吧！」

聽邱天富這麼說，我只好恭敬不如從命，靦腆的接過了便當，並向他說了聲「謝謝」。

邱天富離開後，我給了爸爸一個便當，父子倆就坐在三輪車旁吃起來。爸爸比手畫腳的說：「剛才那個同學是不是來過我們家？」

我比手畫腳的答：「是呀！他今天也來比賽。」

「你這個同學真不錯，竟然還送便當給我們。」爸爸繼續比手畫腳：「他怎麼知道你有來？」

我吞下嘴裡的飯，頓了一下，比手畫腳說：「他認識你呀！他看到你，猜想我會一起來。」

「看」了我的話，爸爸不再比手畫腳了，低頭扒著飯、吃著菜。

下午，比賽開始了，邱天富他們那隊上場了。有上場，就表示還沒被淘汰，「邱天富，加油！要拿冠軍喔！」我在心裡喊著。

傍晚，比賽結束了，我和爸爸也滿載而歸。三輪車快到家的時候，我不聲不響的拿下帽子和口罩。這一整天，我只有中午吃便當時拿下口罩，悶了那麼久，當拿下帽子和口罩時，我只有一個感覺，就是「好涼呀」！

9 幫忙抓鴨子

我撿了一顆鴨蛋，用投直球的指法扣住，然後高舉雙手、轉身、抬腳、跨步、扭腰、揮臂，用力把鴨蛋投出去。一眨眼的時間，鴨蛋落在一顆大石頭上，「啪」的一聲，瞬間爆開，蛋汁向八方噴散，石頭上出現一個蛋汁形成的類似太陽圖案。

我正得意於自己的傑作時，背後響起阿坤叔的聲音：「你這個夭壽囝仔！鴨蛋是給你拿來當棒球丟的呀？」接著，一個巴掌落在我的屁股上，就在巴掌和屁股接觸的那一剎那，一陣痛感襲來。

我「哎呀」的叫了一聲，隨即張大眼睛看，眼前是熟悉的天花板，鼻子聞的是熟悉的味道，剛才那一幕，原來是在作夢！不是說「日有所思，夜有所夢」嗎？我從來沒想過要把鴨蛋當石頭丟呀！怎麼會做這樣的夢？難道是我潛意識裡有這種想法？

刷牙洗臉，吃了早餐，換上一套適合抓鴨子穿的衣服褲子，被爸爸碰到了，他比手畫腳的問：「你要去哪裡？」

我比手畫腳的答：「今天有人要向阿坤叔買鴨子，他叫我去幫忙抓。」

爸爸又比手畫腳的說：「我也要出門，要不要我載你去？」

我想了想，搖搖頭，比手畫腳的說：「不用了，時間還早，我慢慢走過去就好了。」「說」完，沒等爸爸再比手畫腳，我就快步出門。

走沒多久，爸爸三輪車的引擎聲從背後傳來，越來越大聲，經過我身邊，再從我面前「噗」「噗」的向前開去，越開越遠。

看著三輪車的影子，我心裡起了很複雜的感覺。剛才爸爸說要載我，我不讓他載，他會不會很失望、很難過？

三輪車不見了，我深深吸一口氣，重新整理情緒，繼續朝養鴨場前進。

來到養鴨場，阿坤叔已經準備好了裝鴨子用的大

竹簍子，算一算，將近二十個，如果每個竹簍裝七八隻鴨子，總共有……一百五十隻左右。一百五十隻！可以賣多少錢啊！想著想著，我眼前出現一疊厚厚的千元鈔票……

阿坤叔提醒我一些注意事項後，兩個人開始抓鴨子。

其實鴨子不是笨蛋，看出了我和阿坤叔圖謀不軌，牠們開始四處逃竄。可是鴨子也不聰明，牠們一股腦兒的往鴨多的地方逃，我只要衝進鴨群裡，伸手一抓，立刻手到擒來。

被抓到的，大概知道自己凶多吉少，嘴裡不停的「呱」「呱」叫。其他鴨子聽了，也跟著「呱」「呱」叫，頓時，養鴨場裡響起嘈雜的「呱」「呱」聲。

人受到驚嚇時，有時會因驚嚇過度，而尿溼褲子。鴨子也會，但牠們不是尿尿，而是拉屎。

有一隻鴨子被我抓到時，因為驚嚇過度，從屁股噴出一灘屎，正好噴在我的手上，那黃黃綠綠的顏色、溫溫熱熱的感覺，說不噁心，是騙人的。因為忙著抓鴨子，沒時間噁心，我隨手撿了一顆石頭，把手上的鴨屎抹去。

有幾隻鴨子很兇悍，知道一旦被抓了，就會一去不回，被抓時，會張開扁平的嘴咬人。幸虧嘴裡沒有牙齒，我被咬了幾下，只稍微痛一下，沒有傷痕。

這樣抓鴨子，其實也很累，抓了一陣子，阿坤叔喊「休息了」，鴨子們才暫時安靜下來。

不久，人鴨大戰又重新點燃戰火。我追著鴨子，衝進鴨群裡，伸手一抓，一隻鴨子就落進我手中。正想把牠放進竹簍裡，發現牠兩隻腳之間多了一隻腳，「啊！這不是我上次發現的那隻三腳怪鴨嗎？」

我心裡想。

看著這隻三腳怪鴨，我腦海浮現出牠光禿禿的躺在桌上，被人指指點點的畫面，突然間，一種憐憫、不捨的感覺湧了出來，不由得身子一彎，手一鬆，把牠放回地上。

三腳怪鴨獲得重生，拍了兩下翅膀，一溜煙就混進鴨群裡了，「你要自求多福呀！若是被阿坤叔捉到，可能就沒有這麼幸運了喔！」我在心裡說。

經過一陣「人仰鴨翻」，阿坤叔準備的竹簍已經裝滿了鴨子，抓鴨子的工作也告一段落。

休息了一會兒，兩輛中型貨車停在養鴨場外，跟著進來四個人，其中一個是上次買鴨子的客戶。阿坤叔把我支開，叫我進去養鴨場裡，由他和客戶交涉。

抓走了一百多隻鴨子，養鴨場突然空了許多，「呱」「呱」聲也少了許多。幸好阿坤叔有很完備的養殖計畫，前兩天，才剛孵出一大群黃澄澄的小鴨子，不久之後，牠們就會出現在養鴨場裡，加入「呱」「呱」的行列。

說到養鴨場，那隻三腳怪鴨不知有沒有被阿坤叔抓到？是不是還安然無恙的在養鴨場裡？想到這裡，我睜大眼睛，在鴨群中尋找牠的蹤影。只是鴨子還是很多，幾乎每隻都長得一模一樣，根本找不到。

貨車的引擎聲響了，客戶大概要回去了。我衝到貨櫃屋門前看，兩輛貨車滿載著竹簍子，緩緩的駛離養鴨場。

那些鴨子跟我相處有一段時間了，有些被我抓過，有些向我撒過嬌，現在牠們被載走了，不久之後，就會被送進屠宰場，接著會被烹調成各種鴨肉料理，進到人們的肚子裡……想到這裡，我忍不住有點傷感起來。

「俊男，你過來一下。」阿坤叔的聲音響起。

我做了一個深呼吸，調整了心情，走到阿坤叔面前。

阿坤叔看我一眼，問：「你眼睛怎麼紅紅的？在哭啊？」

「我……沒有啊？沒事我幹麼哭？」我強作鎮定。

「來，這一千元給你，是你的工作獎金。」阿坤叔把錢給我，指著地上一隻被綁著雙腳的鴨子說：「回家時，記得把這隻鴨子帶回去殺。」

哇！一千元耶！比上次還要多！加上一隻鴨子……可見這次阿坤叔又賺了不少錢。到底有多少，因為我被支開，沒有親眼看到那疊厚厚的千元鈔票，所以不知道，但我相信一定很多！

我口袋裡放著一千元，手上抓著一隻鴨子，走在回家路上。想到一千元，我忍不住雀躍起來；想到鴨子會被媽媽……不，應該是爸爸，卻又雀躍不起來了！

10 兩個不速之客

波濤起伏之後，總會有一段風平浪靜的時間。

這幾天，教練沒有再來問我要不要加入棒球隊，邱天富和黃志剛也沒有再來找我，少了願意和不願意在心裡拔河，日子就平靜多了。白天上學，放學後去養鴨場撿鴨蛋，回家幫爸爸卸貨、分類，就是我生活的寫照。

阿坤叔不久前孵出的那一群黃澄澄的小鴨子，稍微長大了，已經進到養鴨場裡。為避免牠們被大鴨子欺負、踩傷，阿坤叔特地將牠們區隔開，這樣一來，我撿鴨蛋的空間就少了許多，真是託這群小鴨子的福啊！

快到家時，小黑又出現了，依舊用牠那一成不變的歡迎儀式迎接我，然後繞在我的腳邊，跟我一起走回家。

門前，媽媽坐在一張小椅子上，低著頭，拿針線縫衣服。發現了我，她抬起頭，咧開嘴，說了聲「俊男，回來了。」又低頭繼續縫衣服。我沒有應她，進到屋裡，走向房間。

說到媽媽，有時我會這樣想：她的頭腦不像一般人那樣正常，不知道都在想些什麼？會不會擔心什麼、煩惱什麼？或是像我一樣，會為了願意或不願意而進行拔河比賽……哎！我不是媽媽，所以不清楚！

想到她每次看到我都會咧開嘴笑，也許……就因為她的頭腦不像一般人那樣正常，所以無憂無慮、沒煩沒惱，每天都很快樂，也說不定呢！

書桌上有一個相框，相框裡有一張照片，那是國小最後一場比賽後，教練幫全體隊員拍的合照。當時教練說：參加完這次比賽，以後可能有人不打球了，留著這張照片做紀念，將來還可以告訴你們的孩子，你打過棒球……

想到我將來可能不會打球了，當時我曾對隊友們說：「我將來一定要很驕傲的告訴我的孩子，我打過棒球，還是個投手！」

爸爸三輪車的引擎聲傳了進來，我趕緊從國小時代回到現代，出去幫忙爸爸卸貨。

把一疊舊報紙抱下來，最上面一張的一句標題進入我的眼簾：「陳偉殷展強投金鶯啄傷藍鳥」，又是陳偉殷！而且還金鶯「啄傷」

藍鳥！我把這張報紙抽出來，往旁邊一放，打算利用時間好好看一看。

爸爸發現了我的舉動，比手畫腳的問：「你拿那張報紙做什麼？」

我比手畫腳的答：「留著等一下看。」

爸爸又比手畫腳問：「有什麼重要的大事嗎？」

我比手畫腳答：「沒什麼啦！只是關於一個棒球選手的報導。」

爸爸「聽」了，大概沒什麼興趣，不再多問什麼，繼續卸著車上的回收物。

晚餐後，我拿了報紙，回到房間，一個字都還沒有看，小黑「汪」「汪」的叫聲傳了進來，這樣特別的叫聲，表示有陌生人來了。接著，是汽車的引擎聲傳來，又熄了。

「這個時候會有什麼人來呢？」我一面想，一面走到外頭，拿狗鍊把小黑拴住，再看看來的是哪個不速之客。車門開了，下來兩個男子，一個是學務主任，一個是來教室找我的教練，「他們兩個來做什麼？」我一面驚訝，一面迎上去：「主任！教練！」

「曾俊男，是邱天富和黃志剛告訴我你家在這裡的。我和教練專程來拜訪你父母親，他們在嗎？」主任說。

「在，他們在裡面。」我回答後，轉過身子，領主任和教練進到屋裡，並介紹爸爸媽媽給他們認識。

「曾先生，是這樣子的，我們是專程來與您商量曾俊男……」

教練還沒說完，我立刻打斷他：「教練，我爸爸……」他又聾又啞，他……聽不到，也不會說話。」

「啊……喔……呃……」教練先是一陣慌亂，接著轉向媽媽：

「那……曾太太……」

「太」字剛結束，我又打斷：「教練，我媽媽她……」我指指自己的太陽穴：「有……智能障礙，她……不懂。」

聽了我的話，不但教練錯愕，連學務主任也一臉尷尬的表情。沉靜了好一會兒，我說：「主任、教練，你們有什麼事，可以告訴我，我比給我爸爸看。」

「可……可以嗎？」教練問。

「可以，我和我爸爸都是這樣『講話』的。」我說。

忽然，一隻老鼠從我們面前的腳下快速溜過。主任和教練看了，不禁面面相覷，紛紛露出「怎麼會這樣」的表情。看到他們的表情，我忍不住在心裡偷笑：「這東西在我家出現，是很平常的事，有什麼好大驚小怪的？」

接下來，教練說一句，我就比一句給爸爸看，大意是：他聽學生說我國小也打棒球，而且是個很好的投手，還是個左投手。他希望爸爸能答應讓我加入球隊，讓球隊的陣容更堅強。

主任也表示：學校近兩年才剛組訓棒球隊，還沒有打出名氣，亟需好選手的加入。如果打得好，將來還可以打職棒，他也希望我能加入棒球隊……

爸爸「聽」完後，回應：「俊男國小是打過棒球，打得好不好，我不知道。至於加入球隊，要看他自己的意願。」

教練聽了我的翻譯後，問：「你的想法呢？願意不願意？」

我轉頭看爸爸，把教練的話比給爸爸看。爸爸比手畫腳說：「既然主任和教練親自來了，你如果想打，那就去吧！」

我轉向主任和教練：「我爸爸說……那就去吧！」

教練聽了，露出興奮的表情，說：「好，明天早上你就開始來練球。」

接著，主任、教練和爸爸又「聊」了一些客套話，當然也是由我居中比畫、翻譯，他們才離去。

主任和教練回去後，家裡又回復了寧靜。我回到房間裡，頭腦還是亂紛紛的。今天怎麼了？我怎麼這樣就決定加入球隊了？

看著桌上那張報紙上斗大的「陳偉殷展強投金鶯啄傷藍鳥」，我忽然想到：

「糟了！剛才我只顧著翻譯，就答應加入球隊，放學後的練球怎麼辦？撿鴨蛋怎麼辦？」……

11 一團累

我又起了一個早，而且比以往的早起還要早。昨天教練回去前，告訴了我練球的時間，提醒我不要遲到。為了避免遲到，我特地早起，沒想到卻起得太早。

走在往學校的路上，我腦袋渾渾沌沌，兩眼酸酸澀澀，雙腳軟軟虛虛的。會有這樣的情形，除了早上太早起外，昨晚沒睡好是主要的原因。

昨天晚上，我雖然躺在床上，卻為了放學後練球與撿鴨蛋的問題而輾轉難眠。越是不知道該怎麼辦，精神就越好、越睡不著，記得最後一次看手錶，已經接近凌晨兩點了。

來到學校，我先把書包放到教室裡，再到運動場報到。途中，我遇到鄭雅如，她看到我，笑盈盈的說：「早啊！你要去哪裡？」

「我要去練棒球。」我答。

「練棒球！你加入棒球隊了呀？」鄭雅如很驚訝。

「對呀！昨天傍晚，學務主任和教練去我家，跟我爸爸商量，請我爸爸讓我加入棒球隊。」我說。

「喔！那就加油囉！」

看著鄭雅如離去的背影，我心裡泛起一絲絲甜甜的感覺。可別誤會我對鄭雅如有意思喔！我之所以會有甜甜的感覺，是得到一份來自於老同學的鼓勵。升上國中後，和我編在同一班的國小同學，只有鄭雅如一個，所以我們的互動才會較頻繁。

更別誤會鄭雅如對我有好感！她爸爸是醫生，我爸爸是做回收的；她將來要當醫生，我以後要……養鴨子，天鵝是不可能讓癩蝦蟆吃牠的肉的……總之，我很感謝鄭雅如給我的鼓勵就是了。

運動場上，已經聚集了不少隊友。黃志剛和邱天富看到我，立刻迎了過來，不約而同的說：「曾俊男，你來了！」

還有三、四個國小時的老隊友也靠過來寒暄，另外一些不認識的隊友，則是站在一旁，冷冷的看著我。

不久，教練來了，把我介紹給大家認識後，隨即展開練習。

我算是新進隊員，他們暑假就開始練了，許多動作和訓練流程我都不熟悉，只能跟著大家做。三個多月沒練習，體力和體能都跟不上，單單是熱身運動，就讓我汗流浹背，氣喘吁吁。

熱身結束，接著做傳接球練習，我和一個不認識的隊友分在一組練。顆粒大的汗珠不斷從頭上流下來，順著兩邊臉頰，沿著鼻梁兩旁，一直流到下巴，再滴落到地面上。

練著練著，有汗水流進我的左眼，一陣不舒服的刺激傳來，我立刻閉上眼睛。這時，隊友正好把球丟過來，我沒注意到，球不偏不倚的砸在我的左邊顴骨上。硬的球和硬的顴骨碰在一起，只有一種結果，就是痛——我痛得摀住臉，蹲了下來。

幸虧隊友那球丟得軟綿綿的，我只痛了一會兒，就沒事了，不然的話，後果可就難以想像。

最後，是體能訓練。我已經很久沒練球了，加上早上早起，昨晚沒睡好，許多動作都跟得很吃力，教練設計的體能訓練操做起來又不輕鬆，做不到一半，我就眼前發黑，感覺有東西將從口腔裡噴出來，實在忍不住了，我索性往地上一倒。

教練看到了，連忙靠過來，問：「曾俊男，你怎麼了？」

「我……頭暈，想……吐。」我痛苦的說。

教練聽了，叫黃志剛和邱天富扶我到場邊的樹蔭下休息。我剛被黃志剛和邱天富扶起來，喉頭一鬆，剛才想從口腔噴出來的東西就噴出來了。

在樹蔭下躺了好一會兒，我終於恢復正常，這時，晨間訓練也結束了，我灰頭土臉，丟盔卸甲的回教室。一路上，我只覺得全身發軟，四肢無力，眼前的景物都在搖晃。我忍住不讓自己倒下，緩緩走回教室。

第一節是數學課，老師開講後，我張大雙眼，努力的撐著，要自己專心聽講。

昨晚沒睡飽，早上太早起，加上晨間訓練，我的體力早已透支了，老師講課的聲音，彷彿一首曲調優美的催眠曲，使我的上眼皮越來越重，最後，終於和下眼皮「結合」在一起。

忽然，一陣搖晃迫使我睜開了眼睛，是左邊同學搖的，他低聲說：「喂！老師在叫你了！」

老師叫我！哪有？我抬頭看看老師，發現老師也在看我，「這位同學，你覺得我的課講得精采嗎？」老師突然問。

我不清楚老師指的是什麼，張大眼睛，一直盯著他看。

「我問你，你覺得我的課講得精采嗎？」老師又問了一次。

「精采。」我答。

老師聽了，微微一笑，說：「喔！怪不得你剛才一直點頭，謝謝你的認同。」

老師才說完，教室裡爆出一陣哄堂大笑。我回過神後，才知道我會錯意，才知道老師在消遣我打瞌睡，就在這一瞬間，我整張臉熱了起來，想找個地洞把頭埋進去的感覺又出現了。

老師看看我，一本正經的說：「有一位國文老師，講到《論語．公冶長》篇的『宰予晝寢』時，問一個正在打瞌睡的學生，什麼是『宰予晝寢』？那個學生答『宰予晝寢』就是——就算殺了我，我也要在白天睡覺……」

老師還沒說完，教室裡又是一陣爆笑。我知道老師那句「就算殺了我，我也要在白天睡覺」是在消遣我，簡直羞愧得無地自容。

好不容易捱到下課，老師前腳剛離開，我後腳就跟著衝出教室，一路衝進我的避風港——廁所。早上流了很多汗，身體內的水分其實所剩不多，根本沒有什麼尿意，但我還是煞有其事的站在便斗前「尿」，一直「尿」到上課鐘響才進教室。

一屁股在椅子上坐下來，發現桌上有一張對摺的紙條。我打開一看，上面寫著「你累了嗎？來，喝了再上」，旁邊還畫了一瓶廣告裡的提神飲料，右下角寫著「鄭雅如」三個字。

我看看手上的「鄭雅如」，再看看教室裡的鄭雅如，忍不住笑了，那甜甜

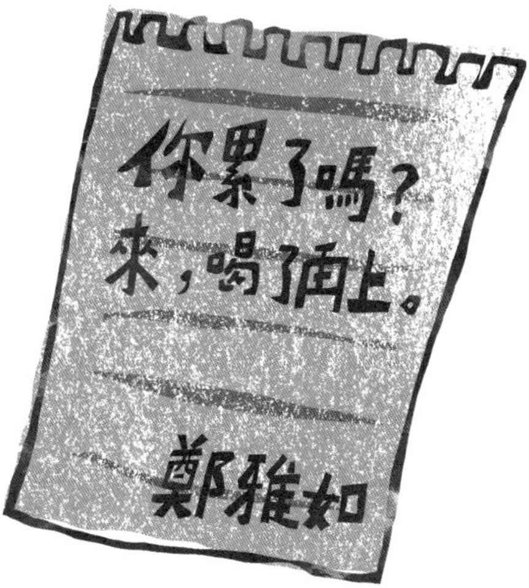

的感覺又湧了出來。

「哎！還是老同學知道我！同學還是老的好。」我在心裡說。

12 鴨子聽雷呱呱呱

放學了，我沒有像以往那樣孤孤單單的走出校門，也聽不到哪些人相約去補習班、誰和誰吆喝結伴回家，更不清楚什麼人在討論待會兒去哪兒做什麼，而是背著書包往運動場的方向走，因為我要去參加棒球隊的課後訓練。

雖然腳往運動場走，我的心卻是猶豫不決的——如果去練球，我就無法去撿鴨蛋；如果折回去撿鴨蛋，就不能練球……一場拔河比賽又開始了，唉！真是不知道該怎麼辦才好！

還在如果這樣、如果那樣的時候，不知不覺來到了運動場，看到隊友，我已經沒有猶豫不決的空間，立刻加入練球的行列。跑步、熱身、傳接球、揮棒……又把我操得汗流浹背，氣喘吁吁。

趁著交換訓練項目的空檔，我想到一個方法：等一下向教練求個情，請他讓我提早十幾、二十分鐘離開，我再趕到養鴨場撿鴨蛋。阿坤叔若是問我為什麼晚到，就騙他說學校有活動耽擱了，這樣，就既練到球，又撿到鴨蛋了。

接下來是守備練習——教練擊出滾地球讓隊友們接，接到後把球傳向一壘，一壘手再傳回給捕手，這樣一個一個週而復始的練習。

我一邊練，一邊提醒自己找機會向教練提出請求。

「你重心放那麼高，怎麼接滾地球？」「你把眼睛閉起來，連球都看不到，怎麼接啊？」「為什麼不正面接？怕球是嗎？」……教練的嘶吼聲不斷在場上響著。

輪到我了，我壓低身子，盯著教練看。教練「鏗」的一聲把球擊出，白色的球跳呀跳的向我跳過來，快到我面前時，我眼睛一眨，白球突然變成一顆鴨蛋。看到鴨蛋，我沒有拿手套接，反而伸出左手去「撿」。

「啪」的一聲後，一陣超級劇痛傳來，我立刻把左手掌放到右邊胳肢窩裡，緊緊的夾住，齜牙咧嘴的忍著痛。

「有手套不用，用空手接，你皮厚是嗎？」教練的聲音在我耳邊響著，可是我沒空理他，因為我的手很痛，我只顧得了我的痛。

在我忍痛的時候，鋁棒和球的撞擊聲，以及教練的吼叫聲，一而再，再而三的交互響著，等到我不痛時，訓練已經結束了。

「啊！糟了！鴨蛋！」我背起書包，邁開腳步，沒命的往養鴨場狂奔。跑出校門，沿著圍牆前進。拐個彎，一直跑到學校後方，衝下那條下坡路，終於來到養鴨場。

我氣喘吁吁的進了貨櫃屋，那聲慣有的「阿坤叔」都來不及叫，我抓起籃子，就要進養鴨場，「俊男，等一下！」阿坤叔的聲音響起。

聽那口氣，我知道大事不妙，轉過身，瞄了阿坤叔一眼，不覺的低下頭。

「現在幾點了，你現在才來？來做什麼？」阿坤叔開口了，聲音很大，大到連養鴨場裡的鴨子聽了，都跟著「呱」「呱」叫。

我知道自己不對，氣都不敢吭一聲。

「我是看你家境不好，才讓你來這裡打工。就算是打工，你也不

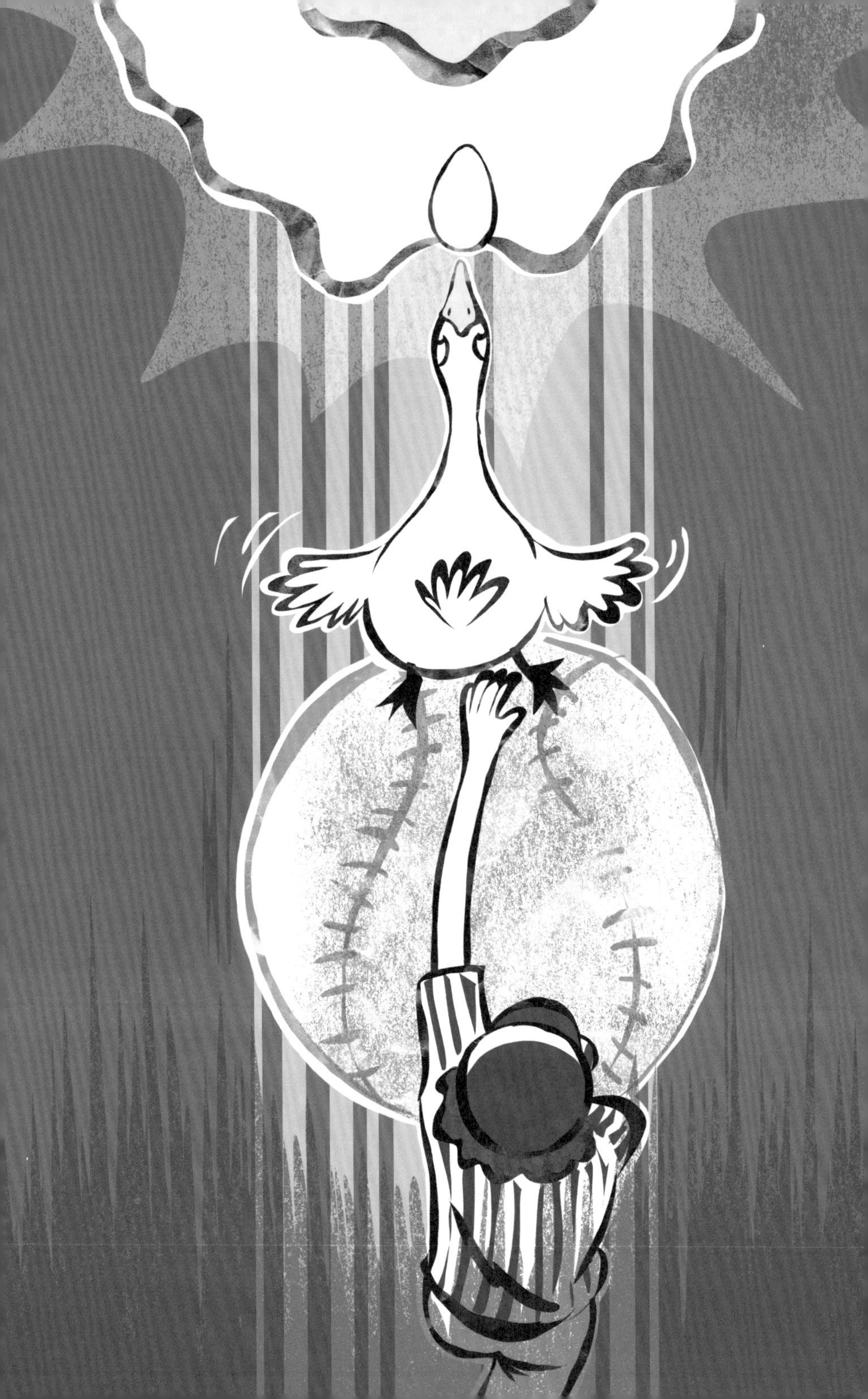

能想來就來，不想來就不來呀！」阿坤叔聲音還是很大，鴨子們又跟著「呱」「呱」叫。

「我……我是……被教練叫去……練棒球……」

我還沒說完，就被阿坤叔打斷：「棒球！假如你覺得棒球比較重要，那就不要來呀！好，就算是教練叫你去，你是不是也應該跟我講一下？你書是怎麼念的？」

鴨子們聽了，又「呱」「呱」的叫起來，好像在應和阿坤叔似的。

「這群討厭的鴨子，阿坤叔的話你們聽得懂嗎？吵什麼吵！」我在心裡罵完，轉對阿坤叔說：「阿坤叔，對不起，是我不好，請你原諒，我以後不會再犯了。」

阿坤叔沒回答。看他的樣子，我很擔心他說：「以後你不用來了。」一會兒，阿坤叔嘴巴動了動，從他嘴裡說出來的是：「快去撿，你看，天都黑了。」聽了阿坤叔的話，我如獲大赦，立刻衝進養鴨場。

天色暗了，要看清楚哪裡有鴨蛋，並不是容易的事，好幾次，我以為是鴨蛋的「鴨蛋」，撿起來後，卻是石頭。

忽然，阿坤叔的聲音傳了過來：「俊男，要不要手電筒？」阿坤叔問的是我，鴨子們卻搶著回答「呱」「呱」「呱」。

其實真的看得不是很清楚，我卻逞能的答：「不用，還看得到！」

阿坤叔沒回答，反倒是鴨子「呱」「呱」「呱」的應了起來。

「死鴨子！你們聽得懂人話呀？」我在心裡罵。

繞了一圈養鴨場，終於把蛋撿好了——因為天色暗，我相信一定有漏撿的。我把蛋放好，背起書包，走到阿坤叔身旁，低聲說：「阿坤叔，都好了，我……要回去了。」

阿坤叔只顧著看電視，頭都沒轉一下，更別說回答了。

「阿坤叔，對不起，我……保證以後不會再犯，請你原諒我。」

才剛說完，阿坤叔猛的轉過頭，說：「不是我要罵你，一個人在社會上，誠信是很重要的，沒有了誠信，等於失去做人的根本。我罵你，是希望你明白這個道理。」

「是，我……明白了。」

阿坤叔又看我一眼，說：「明白了就好！快回去吧，天都黑了。」

踏出貨櫃屋，天果然黑了。阿坤叔把我叫住，給了我一支手電筒，還提醒我路上小心。獨自走在回家的路上，我心裡充滿感謝，感謝阿坤叔的手電筒，還有他沒有對我說「以後你不用來了」。

快到家時，小黑又從路旁竄了出來，用牠一成不變的歡迎儀式迎接我。我蹲下身子，撫摩著牠的頭說：「你一直等在這裡嗎？對不起，讓你久等了。」

還沒到家，就看到了爸爸和媽媽站在門口。他們大概和小黑一樣，也等我很久了，一份歉意湧上心頭，忽然間，我鼻子發酸，眼眶發熱，有想哭的感覺。

我怕被爸爸媽媽發現，看都沒看他們一眼，直接進到屋子裡洗臉……

13 超級複雜的事

這一整天下來，我只有一個感覺，那就是——累，練球後，身體上的累，還有挨了罵，心理上的累，累得我只想往床上一躺，好好的睡一覺，所以晚餐只吃了一點點，就回房間了。

躺到床上後，我把眼睛閉起來，想讓自己趕快睡著，累的感覺就會不見。可是很奇怪，越想趕快睡著，卻反而睡不著；睡不著之後，我又開始胡思亂想了。

人家不是說「魚與熊掌，不可兼得」嗎？我現在終於體會到這句話的真諦了。對我來說，魚是撿鴨蛋，熊掌是練棒球，撿鴨蛋和練棒球是不可能同時都做到的。既然不能同時做到，那……我該捨哪樣、取哪樣呢？唉！又要開始拔河了！

當門用的布簾被拉開了，爸爸走了進來，在床邊坐下後，比手畫腳的說：「我想跟你聊一聊，可以嗎？」

我坐了起來，比手畫腳的答：「可以呀！你要聊什麼？」

爸爸比手畫腳說：「你剛才回來的時候是不是在哭？我看到你眼睛溼溼的。」

我比手畫腳說：「沒有啊！那是因為我回來的時候，一隻小蟲飛進我的眼睛裡，受了刺激才流淚的，我沒有哭啦！」

爸爸看看我，又比手畫腳說：「你是不是發生了什麼事？是不是被人家欺負了？」

「我沒有發生什麼事，也沒有被人欺負，你不要亂猜好不好？」我比手畫腳。

爸爸繼續比手畫腳：「你不要騙我，從我看到你，就覺得你怪怪的，一定有什麼事。」

既然爸爸都看出來了，我也沒有再隱瞞的必要，就把練完棒球再去撿鴨蛋，那種忙不過來的感覺，比手畫腳的告訴爸爸，被阿坤叔罵的那一段，則隻字不提，因為我不想讓爸爸操心。

爸爸知道後，笑一笑，比手畫腳說：「就這件事呀？我以為什麼大事呢！用腦筋想一想，一定有解決的方法。如果真解決不了，選你喜歡的去做就好了呀！」

爸爸出去後不久，布簾又被拉開了，這次換媽媽進來。我怕和她越說越不清楚，趕緊閉上眼睛，假裝睡著了。媽媽走到床邊，什麼話都沒有說，拉了被子往我身上蓋，還把旁邊的縫隙都壓密了。

沒了聲響，我瞇著眼睛偷看，只見媽媽拉開布簾走了出去。看著媽媽的背影，我又鼻子發酸，眼眶發熱了。

雖然我生長在這樣一個不健全的家裡，有一對不健全的父母親，可是當我需要支援與關懷時，這對不健全的父母親總是第一個站出來，最先讓我感到有所依靠，我已經夠幸福了呀……

我右手牽著爸爸，左手牽著媽媽，三個人一齊往前走。我不知道他們要帶我去哪裡，只好乖乖的跟著他們走。

走啊走，來到學校的運動場邊。媽媽指著正在指導投手投球的教練，說：「俊男，去！去跟教練說，你要撿鴨蛋賺錢貼補家用，放學後不能練球。」

我抬頭看著媽媽，感到十分訝異：媽媽是個輕度智能障礙者，平常都是我教她怎麼做，現在她怎麼反教起我來了？

爸爸跟著出聲：「俊男，媽媽說的沒錯。你是個男孩子，要會處理自己的事，去！勇敢的跟教練說！」

我抬頭看著爸爸，感到萬分驚訝：爸爸不是瘖啞人士，不會說話嗎？現在怎麼竟然開口了！

爸爸和媽媽不約而同的用力把我往前推出去，我沒有注意，整個人向前撲倒，身體和地面接觸的那一瞬間，我「哎呀」的叫了出來，跟著睜大了眼睛看，看到的是熟悉的天花板，聞到的是熟悉的味道，原來我又作夢了，夢裡的媽媽會做複雜的事，爸爸也能開口說話，多美好的夢呀！

刷牙洗臉，吃過早餐，我背了書包，準備上學。一出門，就看到媽媽在屋旁的菜園裡澆菜。我停下腳步，盯著媽媽看，看她會不會做什麼複雜的事。看了一會兒，她所有的動作都和以往一樣，並沒有什麼特別，我有點失望。

這時，我的肩膀被拍了一下。轉頭看，是爸爸，他比手畫腳的說：「你站在這裡看什麼？」

啊！爸爸又不會說話了！我愣了一下，比手畫腳說：「沒有什麼呀！我只是在看媽媽澆菜。」「說」完，我怕露出什麼破綻，趕緊快步走向學校。

一路上，我腦海裡一直浮現昨晚夢裡的影像，尤其是媽媽教我做的那件「複雜的事」，還有爸爸說的那一番話，所以我決定等一下練球時，一定要找機會跟教練說：放學後我不練球了。

到了學校，我先把書包放到教室，再到運動場練球。

途中，我不斷左顧右盼著，看能不能遇到鄭雅如，從她哪裡得到一份鼓勵——那份鼓勵可以讓我充滿活力。可惜運氣不好，鄭雅如的影子一直沒在我眼前出現。

來到運動場，我立即加入練習的行列，跑步、熱身、傳接球……由於我一直注意著教練，想找機會和教練說話，所以練得心不在焉，因此被教練點了好幾次名。

今天教練好像吃了炸藥，以至於心情不好，不是點名指責，就是破口大罵，我根本沒機會跟他說話，更不敢找他說話。

訓練結束了，教練把隊友集合起來精神講話後，問：「有沒有問題？」

眼見機不可失，我立刻舉起手，說：「教練，我……有問題。」

教練把頭轉向我，狠狠瞪了一眼，說：「你有問題！你當然有問題！從練球開始，你就一直心不在焉，算算看，你總共被我叫了幾次？你有問題！你還有什麼問題？」

聽了教練的話，我把手放下來，吞吞吐吐的說：「我……沒……沒有問題。」

解散後，隊友們各自回自己的教室。我一邊走，一邊感到懊惱，懊惱剛才為什麼不勇敢說出來？剛才沒有說，那放學後怎麼辦？是不是得上演昨天的戲碼？萬一這次阿坤叔說「以後不用來了」怎麼辦？

啊！我想到了！那就乾脆……不行！這樣做的話，反而會被教練罵得更慘……唉！這真是一件超級複雜的事呀！

14 開溜去撿鴨蛋

最後一節上課鐘響完，看看左邊，左邊同學桌上放著生物課本；瞄瞄右邊，右邊同學桌上也放著生物課本。這節是生物課，我跟著從書包裡拿出生物課本。

生物老師進來後，二話不說的就講起了課，講著講著，他突然改變話題：「你們知道嗎？今天上午陳偉殷又投贏了一場。」

今天上午？今天上午同學們都在上課，哪可能知道！生物老師真是搞不清楚狀況。

生物老師接著說：「從陳偉般的例子，證明了在棒球場上，左投手真的很吃香。」

若是在之前，聽了生物老師這番話，我一定會與有榮焉的挺起胸膛，但現在卻挺不起來，因為我正在為待會兒放學後該怎麼辦而傷腦筋。

渾渾沌沌的捱過了一節課，終於放學了，我背著書包，走出教室，背後傳來這樣的對話：

「鄭雅如，等一下我去你家找你。」

「等一下嗎？不行耶！」

「為什麼？」

「今天我爸爸診所的櫃檯小姐請假，等一下我要在櫃檯幫忙病人掛號，你來了，我也沒時間陪你。」

「喔！那……算了吧！」

聽了鄭雅如的話，我心頭忽然一震。鄭雅如的爸爸是醫生，我以為她在家裡是大小姐，想不到竟然也要幫忙做事，而且是幫病人掛號，真是出乎我的意料。

我背著書包，一步一步向運動場走去，忽然，鄭雅如「我要在櫃檯幫忙病人掛號」的話在我耳邊響起，我停下腳步，腦子裡閃過一個念頭，身子猛的一轉，邁開腳步，走向校門——我決定開溜去撿鴨蛋！

雖然撿鴨蛋不是壞事，我卻像個「歹徒」似的在人縫裡鑽著前進，還不時回頭看，看教練有沒有追過來。來到學校後方，隊友們練球的聲音從圍牆裡傳了出來。我繼續像「歹徒」那樣，小心翼翼的靠著圍牆走，因為我怕教練會站上牆頭找我，把我叫回去練球。

走到圍牆盡頭，我又快速的順著斜坡往下衝，衝到坡底，還回頭看了看，確定沒有人跟來，才安心的踏進貨櫃屋。

「阿……坤……叔。」我上氣不接下氣的打招呼。

「你怎麼喘成這個樣子？發生了什麼事？」阿坤叔一臉疑惑。

「沒有……我是……跑著……來的。」我喘著氣說。

阿坤叔走到門口，探頭出去看了看，問：「有人追你嗎？」

「沒有……是我……自己……跑

的。」我依然喘得很厲害。

阿坤叔搖搖頭，說：「去去去，先去休息，等喘過了再撿。」

不知過了多久，我終於喘完了，提起籃子，進到養鴨場。部分鴨子看到我，以為我要餵牠們吃東西，紛紛靠了過來。我沒有閒工夫理牠們，輕輕的用腳將牠們撥開，開始找鴨蛋。

找著找著，在石頭堆裡發現一顆鴨蛋，我伸手撿了起來，發現它比較大顆，也比較重。根據阿坤叔教我的經驗，它應該是顆雙黃蛋。我

把這顆蛋放在手中，像拋棒球那樣上下拋著。

這個時候，隊友們正在運動場上練球，我卻開溜來撿鴨蛋，不知道教練會怎麼想？他現在沒有找我，明天早上怎麼辦？想到今天早上他吼叫、罵人的樣子，我開始擔心了。

忽然，我的手一滑，手中拋著的那顆鴨蛋直接向地面掉落下去，我「哎呀」都來不及叫，「啪」的一聲，蛋破了，兩顆圓滾滾、黃澄澄的「小圓球」露了出來。

啊！果然是一顆雙黃蛋！可惜……破了。我趕緊左右張望，看阿坤叔有沒有跟來，確認沒有他的人影，我用一些小石頭堆在破蛋上面，來個「毀屍滅跡」，當作什麼事都沒發生過。

把撿到的蛋放好，我背了書包，強作鎮定的說：「阿坤叔，我要回去了。」

阿坤叔遞給我一個袋子，說：「這些蛋拿回去給爸爸媽媽吃。」

我接過蛋，說了聲謝謝，踏出貨櫃屋，一面走，一面朝袋子裡看了看。明明有三顆蛋，是給全家吃的，阿坤叔卻說「給爸爸媽媽吃」，多說一個「你」會怎樣嗎？這些大人就是拉不下臉！

站在坡底，我抬頭看了看眼前的坡道，然後一步一步慢慢往上走，我故意走得很慢——我怕走到學校後方時，隊友們練完球，教練站在牆頭等著我……

爬上坡頂，來到學校後方，圍牆內靜悄悄的，沒有練球的聲音傳出來，我確認已經結束練習了，才安心的往回家的路走。唉！撿鴨蛋是光明正大的事，卻要這樣偷偷摸摸的進行，我到底在搞什麼飛機呀！

還沒到家，我想到一件事：我開溜沒去練球，球隊也結束練習了，萬一教練跑來家裡找我怎麼辦？想到這裡，我腦海裡浮現出一張怒目瞪視的臉孔，腳步不覺的重了起來。

更接近家了，我舉起腳跟，伸長脖子，往家的方向看，看有沒有汽車或摩托車的影子。

忽然，小黑從路旁竄了出來，在我腳邊繞過來、繞過去，「嗯」「嗯」的撒著嬌。看到小黑這樣子，我確認教練沒有來，如果他來了，小黑會在家裡守著，就不會來迎接我了。

回到家，媽媽坐在門前挑菜，看到我，她一如往常的咧開嘴，說：「俊男，回來了。」我把鴨蛋交給媽媽，什麼話也沒說，直接進到房間裡。

躺在床上，想到從放學後，一直到剛才的偷偷摸摸和心驚膽顫，我有一種虛脫的感覺，唉！假如那天沒有答應教練加入球隊，我不就依然過著平淡的生活嗎？魚和熊掌果然是不能兼得的！

說到教練，雖然他當下沒有來找我，萬一等一下忽然出現怎麼辦？想到這裡，我又擔心了，開始豎起耳朵聽，聽小黑有沒有狂叫，聽有沒有陌生的引擎聲傳來，還要一邊想著萬一教練真的來了，我要怎麼應付，弄到我都要變成神經病了！

爸爸回來後，我一邊幫忙卸貨，一邊豎著耳朵聽；晚餐時，我一邊吃，一邊豎著耳朵聽；洗澡時，我一邊沖著水，一邊豎著耳朵聽……

一段時間下來，我的耳朵好像出現了幻聽現象，隨時有小黑的叫聲和引擎的聲音響著……

15 可惡的教練

我拿著手套，壓低身子，目不轉睛的看著教練。教練「鏗」的把球擊出後，白球彈呀彈的向我跳過來。我正要用手套接，「鏗」的一聲，教練又把球擊出來了。

「教練怎麼可以這樣？我根本來不及接呀！」才剛想完，「鏗」的一聲，第三球又來了，我來不及反應，球硬生生的打在我身上，痛得我咬牙忍著。可是教練不理我，繼續擊著球，速度越來越快，「鏗」「鏗」「鏗」的聲音像機槍掃射一樣，每顆球都打在我身上。

我再也受不了了，「啊」的大叫出來。

眼睛看到的，是熟悉的天花板；鼻子聞到的，是熟悉的味道……哎！我又做夢了！只是這個夢也未免太可怕了！

一切就緒後，我背了書包，出發上學去。平常我上學時，小黑都會送我一段路，可是今天很奇怪，牠明明看到我出門，卻動也不動的趴在地上，一副不把我當作一回事的樣子。

「小黑也是動物，應該也有心情不好的時候，也許牠現在心情正不好吧！」我一面想，一面往前走。

走過一棵樹下時，好像有東西掉在我的手臂上，有點溫溫的。我舉起手看，白白黃黃的，天啊！是鳥屎！一種噁心的感覺立刻湧出來。

抬頭看，兩隻白頭翁一邊在樹枝間跳躍，一邊啄食果實，這坨鳥屎一定是其中一隻拉的！「混蛋白頭翁！該死的白頭翁！」我一邊罵，一邊拿衛生紙把手臂上的鳥屎擦掉。

一早就被拉了一坨鳥屎，我有不祥的預感，加上剛才小黑一反常態的對我不理不睬，還有早上那個被教練「海K」的噩夢，是不是在暗示我今天會有事發生？

來到學校，我把書包放到教室，再到運動場練球。途中，我依舊希望能遇到鄭雅如，得到她的加油和打氣。可惜她不從我願，我又失望了。

到了運動場，我跟在隊友後頭開始練習。練沒多久，教練來了，「曾俊男，你過來。」的叫我。聽教練的聲音，冷漠而有力道；看教練的臉色，僵硬而有殺氣，我知道有事要發生，怯怯懦懦的走到教練面前。

「你昨天下午為什麼沒來練球？」教練冷冷的問。

「我……我有事。」我低聲答。

「有什麼事比練球還重要？」教練又問。

什麼事？難道教練不知道嗎？「我去……撿鴨蛋。」我說。

「撿鴨蛋？撿什麼鴨蛋？撿鴨蛋比練球還重要嗎？」教練一連三問。

啊！教練不知道我要撿鴨蛋嗎？學務主任沒有告訴他嗎？我還沒反應過來，教練就大罵：「身為一個球員，團隊精神最重要，可是你把團隊放一邊，個人放前面，還有資格當球員嗎？」

我低著頭，閉著嘴，心裡想著該怎麼回答。

教練接著罵：「你不來練球，不說一聲，也不請假，你把我當什麼了？球隊不是遊樂場，不是你愛來就來，不愛來就不來的地方，你有沒有搞清楚啊？」

我沒有愛來就來，不愛來就不來呀！我必須去撿鴨蛋呀！

「我是看在你有潛力，才找你加入球隊，如果你不想來，那就算了，反正小廟容不下大佛，你走吧！」

「那就算了」「你走吧」！教練這麼說，或許是想激我拜託他讓我留在球隊裡，可是他忘了一件事，我本來就沒有參加球隊，是他和學務主任到家裡找我加入的。加入球隊前，我除了羨慕，什麼事也沒有。加入球隊後，煩惱多了，內心還要常常拔河，現在還得挨教練責備、大罵，說什麼「那就算了」「你走吧」……

我猛的抬起頭，看了教練一眼，淡淡的說：「教練，對不起，我不練了。」然後把手套放好，轉身向教室走去。

教練大概沒料到我會真的算了，走了，沒有叫住我，也沒有發出什麼聲音。

路上，我雖然看起來沒什麼異常，其實心裡很氣，氣教練不分青紅皂白就亂罵一通，氣教練不該在隊友面前責備我，氣那句「如果你不想來，那就算了，反正小廟容不下大佛，你走吧！」……

「哼！走就走，算了就算了！你以為我愛練呀？」我憤憤不平的想。

受到剛才那件事的影響，我的心很亂，腦子很亂，全身上下都亂，直到上課了都還靜不下來。幸虧我裝做很認真聽課，老師也沒發現我有什麼異樣，才安然的度過一節課。

下課鐘剛響完，黃志剛和邱天富出現在走廊上，不約而同的招手叫我出去。

剛到他倆面前，邱天富就說：「曾俊男，你真的不練了呀？」

黃志剛接著說：「我們是來勸你，要不要……」

不提我不氣，提到我就氣，所以黃志剛還沒講完，我就打斷他：

「什麼事都可以說，就是不可以提打球！」

「你……」黃志剛和邱天富異口同聲。

「我本來就沒有參加球隊，是教練找我的。現在也是他叫我走的，所以沒什麼好說的。」我生氣的說。

「你是個左投手，不繼續打球，我們都覺得很可惜。」邱天富說。

「我不是說了嗎？不要提打球的事！」我瞪了邱天富一眼。

「拜託！是你自己先說的喔！」邱天富指著我。

「我哪有說？」我當然不承認。

「你剛才說是教練去找你，又叫你走。」

「我……」

對呀！邱天富說的沒錯，剛才我是這麼說的，於是我乾脆閉上嘴巴不說話。看我不說話，邱天富和黃志剛也不出聲，就這樣一直面面相覷到上課鐘響，他們倆回教室上課。

坐在教室裡，老師講課的聲音不斷從我耳邊經過，就是沒有一句進到我耳裡。我腦子裡想的，依然是早上那件事，真的是不想不氣，越想越生氣。

忽然，我想起早上做的那個夢，夢裡的教練是那麼的可惡、可恨，跟現在這個差不多。還有出門上學時，小黑一反常態的冷漠，以及白頭翁拉在我手臂上的那坨屎……都在向我預告會有事情發生！

這事情就是——早上那件事！

16 我領薪水了

一天又將結束，我背著書包，剛要踏出教室，就聽到「鄭雅如」「鄭雅如」的叫喚聲。我轉頭看了鄭雅如一眼，她正在和叫她的人講話。

鄭雅如！她如果知道我退出棒球隊，不知會有什麼反應？會不會像那天她知道我加入棒球隊時那樣的驚訝？

由於退出球隊了，不必去運動場練球，所以我夾在人群裡走向校門。

校門口依舊車水馬龍，我停下腳步，觀察著身邊的人。左邊兩個女生講好結伴回家，右邊一男一女相邀一起去補習班，後頭一群男生吆喝著待會兒去公園打籃球……這場景多熟悉、多親切呀！

我沿著學校圍牆，獨自往養鴨場的方向走著，走到學校後方。球和鋁棒撞擊的「鏗」「鏗」聲從圍牆裡傳出來，應該是隊友們在進行打擊練習了。有好幾天的這個時候，我也和隊友們一樣，揮著棒子，把球打進網架裡。現在，因為撿鴨蛋的緣故，我又變成「旁觀者」了。

牆腳下，有我之前堆疊的破磚塊。想到上次我站在上頭看隊友練球，被學務主任誤以為我要爬牆，我舉起腳，踩在磚塊堆上，用力一推，磚塊堆倒了——我確信以後我不會再站在這上面看練球，學務主任也不會再有機會誤以為我要爬牆了。

來到坡底，看著「坤隆養鴨場」五個大字，「我還是比較適合養鴨子！」我這樣想，心頭忽然有一種很輕鬆的感覺。

進了貨櫃屋，我正想喊「阿坤叔」，卻看到阿坤叔半躺在沙發上睡覺，還張著嘴，打著呼。我趕緊把「阿坤叔」吞回去，輕輕巧巧的放下書包，輕輕巧巧的提起籃子，進到養鴨場裡。

鴨子們看到我，起了一陣小騷動，一部分向我靠過來，一副討東西吃的樣子。

這些鴨子也真笨！看到人就要討東西吃，吃得肥肥胖胖的，然後被賣掉、被殺掉，被人們吃進肚子裡，再變成廢物排出來……難道牠們都沒想到自己最後會變成「廢物」嗎？

我張大眼睛，很認真的找鴨蛋——這大概是這幾天以來，我最認真的一次了。找著找著，看到了昨天堆的那堆小石頭，還有下面那顆雙黃蛋，忽然覺得很對不起那顆蛋。

人類的媽媽會生雙胞胎，那顆雙黃蛋不知會不會孵出雙胞鴨？如果會的話，我等於「殺」了兩隻小鴨子，當然要感到對不起囉！

繞了一圈養鴨場，該撿的蛋都撿了，放好後，我背了書包，準備回家。「俊男，你等一下。」阿坤叔叫住我。

我轉身走到阿坤叔身旁。阿坤叔從沙發上坐起來，這個口袋掏，那個口袋掏的掏出一疊鈔票，遞到我面前，說：「這是你這個月的薪水，算一算對不對。」

薪水！我都忘了該領薪水了！接過鈔票，用手指數了數，三張千元大鈔，六張百元小鈔，總共三千六百元，一毛不少，我興奮的說：

「對，謝謝阿坤叔。」

「不用謝，這是你應該得的。」阿坤叔說。

「阿坤叔，是你讓我來這裡做，我才有這些錢領，所以當然要謝謝你。」我努力擠出這段話。

「好了好了，別說這種噁心的話了，時間不早了，快回去吧！」阿坤叔揮手叫我走。

「好，我回去了。」

腳還沒踏出門，「俊男！」阿坤叔又叫住我：「錢要帶好，要交給爸爸，別花掉喔！」

我笑一笑，說：「放心啦！阿坤叔，我會全部交給我爸爸的。」

雖然已經是第四次領薪水，但我還是滿心喜悅，想到口袋裡那耀眼的藍色千元大鈔，以及鮮紅的百元小鈔，可是一個月以來辛苦的代價，更是我憑實力和勞力賺來的，拿到它們，我能不喜悅嗎？

爬上坡頂，來到學校後方，圍牆裡已經沒有任何聲音傳出來，練習大概結束了。我按著口袋裡的三千六百元，「打職棒？那是多久以後的事，也許是遙不可及的事。還是撿鴨蛋實在，代價就活生生的在我口袋裡！」我心裡想。

回到家，媽媽在門前挑菜，看到我，她重播著咧開嘴，重播著說「俊男，回來了」。因為領薪水，心情好，我破例的「嗯」了一聲，沒多說什麼，也沒把錢交給媽媽，直接進到房間。

媽媽的頭腦有障礙，沒辦法做複雜的事，連買東西的付錢、找錢都弄不清楚，把錢給她，她也不會支配，所以我們家的經濟大權都由爸爸主導，缺了什麼，要買什麼，都是爸爸返家時，順便帶回來。

爸爸三輪車的引擎聲響起，又熄了。我出了屋子，來到三輪車旁，把領到的薪水拿給爸爸，比手畫腳的說：「這是我這個月的薪水。」

爸爸接過去，比手畫腳說：「又發薪水了呀！」

爸爸數錢的時候，我開始卸貨。爸爸數了兩張百元鈔票，比手畫腳說：「這些給你當零用錢。」

我看看兩百元，再看看爸爸，比手畫腳說：「我暫時用不到，先放在你那裡，需要時再跟你拿。」

可是爸爸堅持要給我，我又堅持不要，父子倆就像打太極拳那樣推過來、推過去，最後，我拿了一百元，太極拳才打完。

爸爸把錢放進口袋後，和我一起卸貨。我一

面卸，一面偷看爸爸。他在外面跑了一整天，才載回這些廢紙和瓶瓶罐罐，廢紙的價錢很低，瓶罐也賣不到什麼好價錢，他要撿多少才能賺到三千六百元？對我們家來說，三千六百元比打棒球重要多了！

卸廢紙時，舊報紙上兩行標題吸引了我的注意「陳偉殷優質好投打擊熄火吃敗仗」。喔！陳偉殷終於吃敗仗了！雖然是因為打擊者不捧場而造成的，卻證明了一件事，就是：即使投手再強，打擊積弱不振，一切也是枉然。

左投手！左投手又怎樣？左投手也是凡人呀！想到這裡，再看看「陳偉殷優質好投打擊熄火吃敗仗」，我笑了笑，把整疊報紙堆到放廢紙的地方。

「左撇子頭腦聰明，而且富有創造力……」有聰明的頭腦和創造力雖然不錯，但不能保證一定有飯吃呀！

17 啞巴爸爸的話

晚餐，桌上難得一見的肉終於又展現「風姿」了，是爸爸湊巧買的？還是為了慶祝我領薪水？看到肉，我有點興奮，不！是很興奮。在學校吃午餐，幾乎每餐都有肉，所以我不是為了能吃到肉而興奮，是因為看到肉出現在餐桌上而興奮。

對於肉，媽媽只會一種煮法，還是爸爸教她的，就是倒很多醬油去滷，滷到黑黑鹹鹹的，然後就可以少吃一點，而且可以吃很久，吃到最後，都已經走味，也沒有了肉的口感。

爸爸看我一直夾青菜，肉都沒有動一下，夾了一塊肉放在我碗裡，嘴巴快速張合幾下，意思叫我吃。我夾起肉，咬了一口，由於是剛滷的，還沒有走味，肉的口感還在，用一句同學聊天時的話來形容——不錯吃！

吃著吃著，爸爸忽然放下碗筷，比手畫腳的問我：「你不是參加棒球隊了？練得怎麼樣？」

練得怎麼樣？我愣了一會兒，比手畫腳說：「我已經退出棒球隊了。」

爸爸一「看」，露出意外的眼神，比手畫腳問：「退出了！為什麼？」

為什麼？嗯……該怎麼說呢？我想了想，比手畫腳說：「沒有為什麼，我就是不想練了。」

爸爸盯著我看了一會兒，比手畫腳說：「我覺得你在騙我，你不練球，一定有什麼特別的原因。」

我低頭想了又想，決定不再瞞爸爸，就把練球和撿鴨蛋的時間相衝突，還有被教練和阿坤叔責罵的事全都告訴爸爸。爸爸「聽」完，好像受了什麼打擊，突然靜了下來——其實他本來就很「靜」。

過了許久，爸爸比手畫腳的問：「退出棒球隊，你不會覺得可惜嗎？」

我比手畫腳的答：「有什麼好可惜的？撿鴨蛋有錢可以賺，打棒球卻不一定有飯吃。」

「看」完我的話，爸爸不再比手畫腳，拿起碗筷，繼續吃沒吃完的飯。我也拿起碗筷吃，不過，飯都涼了。

睡覺前，爸爸來到房間，比手畫腳的對我「說」：關於棒球隊的事，不論你做什麼決定，我都支持你，重要的是要你輕鬆、快樂。但有一件事我覺得你有必要把它做得更好，就是你離開球隊的方式。不管怎麼說，教練畢竟是長輩，你用那種方式離開，看起來很灑脫，對教練卻很不尊重、很不禮貌。

雖然我們不是什麼高級人家，但也不要讓別人看低我們，說我們沒有家教。所以我希望你想辦法向教練道個歉，並把不能繼續練球的真正原因說清楚，以免和教練之間永遠有個疙瘩。

「聽」了爸爸的話，仔細想想，覺得自己的行為的確有欠妥當的地方，就比手畫腳的告訴爸爸：我會好好處理這件事。

爸爸出去後，我躺在床上，絞盡腦汁的想著該如何處理這件事，託黃志剛或邱天富轉告嘛，怕他們說得不清不楚，而且也缺乏誠意；直接找教練說明嘛，擔心自己不敢開口，也怕又被教練罵。那……該怎辦呢？

想到快腸枯思竭時，終於想到一個好法子：由我親自「說」，再託黃志剛或邱天富「轉告」。我拿出一張紙，提起筆，一邊想，一邊在紙上寫：

教練您好：

我是曾俊男，我想了好久，才決定寫這封信給您，要告訴您：我不再練球了。

上次您和主任到我家後，應該看到我家的情形了，我爸媽都是殘障人士，沒有辦法正常工作，只能做回收，賺很少的錢。為了幫忙家裡，每天放學後，我就去學校後面山坡下的養鴨場撿鴨蛋，賺一點錢，減輕爸爸的負擔。

撿鴨蛋的時間在放學後，練球的時間也在放學後，我沒有辦法又撿鴨蛋又練球，想了好久，我決定還是去撿鴨蛋賺錢，幫爸爸的忙，所以不再練球了。

這幾天，如果我有對您不禮貌的地方，請您原諒我。

這是我這輩子第一次寫信，而且是寫給大人，不知道這樣寫可不可以，我只是很努力的把我心裡想說的話寫出來，希望教練看得懂，也希望教練看了不要生氣。

看著桌上那張國小教練幫隊友拍的照片，「留著這張照片做紀念，將來還可以告訴你們的孩子……」彷彿又在耳邊響起。是的！這

張照片真的只能做紀念！我想，這輩子我大概再也不會因為想當選手而打棒球了。

隔天早上，我特地提早出門上學。到了學校後，直接走向運動場——我想趁著教練還沒來，把信託給黃志剛或邱天富。

原本我想把信託黃志剛拿給教練，因為他做事比較細心，可是黃志剛還沒到，只好託邱天富，還不放心的一再叮嚀他，一定要親手交給教練。

走向教室途中，竟然遇到了鄭雅如——想遇到，遇不到；不想遇到，卻偏遇到，根本是與我做對嘛！

鄭雅如看我背著書包，問：「你今天不用練球呀？」

我頓了一下，說：「我……退出棒球隊了。」

「你退出棒球隊了！」鄭雅如果然顯得很意外：「不是才剛加入

嗎？這麼快就退出了！」

我笑一笑，吞吞吐吐的說：「對……對呀！因為我不想……再練……所以就……退出了。」

鄭雅如淡淡的「喔」了一聲，沒再說什麼。我也不知道該說什麼，悶不吭聲的和鄭雅如一起走進教室。

坐定後，我瞄了瞄鄭雅如。鄭雅如知道我退出棒球隊了，而且參加沒幾天就退出了，不知道她會不會看不起我？如果她真的看不起我，我不是很丟臉嗎？

說到退出球隊，我想到教練。

看看牆上的時鐘，這時候教練應該出現了，邱天富應該把信交給教練了，教練也應該看完了，不知道他有什麼反應？

哎！不管教練有什麼反應，反正我已經表達了我想表達的了！

18 教練和阿坤叔

也許是寫了那封信給教練的關係，一整天下來，我只覺得全身上下輕鬆自在，一點壓力也沒有。更難得的是，每一節課我都心無旁騖的專注聽講，這大概是這些日子以來，最讓我驚奇的事。

不過，我也有遺憾，就是鄭雅如。她知道我從加入球隊到退出球隊，只經過短短的幾天，在她心中，我可能已經從英雄變成狗熊了！咦！不是說過「天鵝是不可能讓癩蝦蟆吃牠的肉的」嗎？最近我怎麼一直在乎鄭雅如呢？

哎！管他英雄也好，狗熊也罷，反正都是人，只要過得心安理得就好，這就跟人家常講的「管他黑貓白貓，只要會抓老鼠的就是好貓」是一樣的道理，所以，管他左撇子、右撇子，只要安分守己，就是好人……

咦！我好像真的很聰明耶！竟然會做這樣的推論！

我背著書包走出校門，然後往下一個目的地前進。

沒有了練球和撿鴨蛋的衝突，今天，我真的、真的走得很悠閒，有更多的時間觀察身旁的人地事物。

我又看到班上那個叫什麼「保」，還是什麼「寶」的胖子，又坐在麵攤裡吃麵了。只見他用筷子夾起麵條，嘴巴一張，用力一吸，麵條瞬間消失，接著只看到他咀嚼的動作。

「難怪你長得這麼胖，如果你生在我家，大概會活不下去！」我在心裡說。

這時，那個叫什麼「保」，還是什麼「寶」的胖子忽然把頭轉向我，怕被他發現我看他吃麵，我趕緊邁開腳步往前走。

來到學校後方，圍牆內傳出隊友們練球的聲音。我停下聽了一會兒，就在我要舉腳繼續往前走時，「曾俊男，你等一下。」的聲音從背後傳來。我轉頭看，天啊！是教練！他終於追來了！

「教練要來罵我嗎？還是有什麼……」我一面看教練走過來，一面想。

教練走到我面前，問：「你撿鴨蛋的養鴨場在哪裡？能不能帶我去看看？」

「就在那山坡下。」我一面指著，一面想：「你要去看什麼？」然後轉身往坡下走，教練則跟在後面。

來到貨櫃屋前，我舉手指了指，說：「就是這裡。」

教練抬頭看看招牌，再看看貨櫃屋，問：「我可以進去看看嗎？」

「要問老闆。」我一邊說，一邊領教練進貨櫃屋，喊了聲：「阿坤叔，有人說要進來看看。」

正在看報紙的阿坤叔抬起頭，看到教練，露出驚訝的表情說：「你是……」

教練看到阿坤叔，也露出驚訝的表情說：「是你！你怎麼會在這裡？」

「這是我的養鴨場，我當然在這裡。你又怎麼會跑來這裡？」阿坤叔很興奮。

「我在附近的國中教棒球，開學後才來的。」教練也很興奮。

「真巧呀！」

「是啊！天底下還有什麼比這個更巧？」說著，阿坤叔和教練又是握手，又是擁抱的，像久未見面的老朋友一樣，我則像空氣似的被晾在一旁。

事實上，也根本不干我的事，我靜靜的放下書包，拿起籃子，進到養鴨場裡。

鴨子們看到我，以為有東西可吃，一部分「呱」「呱」的向我靠過來。我用腳撥開牠們，嚷著：「走開啦！沒東西吃啦！」鴨子們聽了，又「呱」「呱」的叫起來。這情形就像剛才阿坤叔和教練見面時一樣，看得我不禁笑了出來。

說到阿坤叔和教練，瞧他們那副熱絡的樣子，關係一定很特別，是老鄰居嗎？鄰居應該不會熱絡到這個樣子！是老同學嗎？嗯……有可能！就像鄭雅如，她是我的老同學，看到她，我總有一份親切感。還可能有什麼關係呢？哎！算了！那是他們兩個的事，與我毫不相關，我還是撿我的鴨蛋吧！

撿著撿著，我忽然想起：「教練為什麼要來看養鴨場呢？他會不會是來看我是不是在欺騙他？不相信的話，他可以問學務主任呀！何必這樣以關心之名，行監督之實？如果真如我所想的，那教練就太以小人之心，度君子之腹了！」

想到這些，我突然有一種看不起教練的感覺！

既然教練是這樣的一個「小人」，現在他會不會在阿坤叔面前說我的不是？如果教練說了，阿坤叔會不會聽信他的話，叫我「明天開始不用來了」？還有……越想我越擔心，忍不住往貨櫃屋看了好幾次。

繞了一圈養鴨場，把不守規矩的母鴨生的蛋都撿了，我回到貨櫃屋裡。教練不見了，只剩下阿坤叔一個人。

「俊男，我告訴你喔！」阿坤叔仍然難掩興奮：「你們教練是我高中時期的老隊友呢！」

老隊友？那阿坤叔……「阿坤叔，以前你也打棒球嗎？」我問。

「對呀！從國小一直打到高中。高中時，和你教練同隊，那時他是投手，我是二壘手。」說著，阿坤叔說起了他以前打棒球的事，說得神采飛揚，眉飛色舞，一副十分陶醉的樣子。

「阿坤叔，後來你為什麼不打了？我是說，打職棒。」我好奇的問。

「打職棒？唉！」阿坤叔嘆了一口氣，用無奈的口吻說：「我當然也曾經夢想過打職棒，因為家庭因素，我只好……放棄了。」

「那教練呢？他為什麼沒打職棒？」我又問。

「他也想過打職棒呀！可惜因為高中時投球過量，傷了手臂，沒辦法繼續投球，所以……也放棄了。」教練說。

哎！一個是因為家庭因素，一個是因為傷了手臂，以致於不能實現夢想，想想，還真是無奈呢！

回家前，阿坤叔對我說：「你們教練和我講好了，明天放學後，要你回球隊練球。」

聽到「回球隊練球」，我愣住了，問：「那……撿鴨蛋怎麼辦？」

阿坤叔答：「這個你放心，我和教練會處理，你記得明天放學後去練球就是了。」

去練球就是了！我突然覺得我好像一個傀儡，人家叫我做什麼，我就得做什麼。教練找我去練球，我就去；他叫我走，我就走。

現在阿坤叔叫我回球隊練球，我又不敢說不。萬一我說不，阿坤叔說「明天開始不用來了」，那三千六百元怎麼辦？

19 特殊的體能訓練

早餐後，我背著書包往學校出發。

昨天，阿坤叔叫我今天放學後回球隊練球時，我還沒想到什麼。後來越想越奇怪，既然回球隊練球，為什麼不從早上開始，偏偏要等到放學後？

阿坤叔和教練是不是有什麼「陰謀」？阿坤叔應該不會，至於教練……我對他不熟，就不敢說了！

昨天晚餐時，我把這件事的始末告訴爸爸，爸爸先對阿坤叔和教練是高中老隊友感到巧合，也對教練和阿坤叔叫我放學後去練球的事感到不解，但他不認為教練和阿坤叔在進行什麼「陰謀」。

進到教室後，我一邊等著打掃時間到來，一邊觀察同學。

鄭雅如來了，她剛坐下來，之前常常叫她的那個女生就湊了過去，兩個人指著課本交頭接耳著。她們應該是在討論功課吧！

那個叫什麼「保」，還是什麼「寶」的胖子來了，他一坐下，就開始吃早餐，漢堡、奶茶，我的天啊！竟然還有一盒義大利麵！早餐就吃這麼多，難怪他的噸位會這麼大！羅馬果然不是一天造成的，胖子也不是一天積出來的。

打掃時間終於到了，我三步併做兩步的來到外掃區——我的動作這麼快，並不是急著把落葉掃完，也不是要突顯我多負責盡職，我是想藉著掃地之便，看教練到底在玩什麼把戲。

為了避免被教練和隊友們認出，我故意背對著他們，一邊掃落葉，一邊回頭觀察。觀察來，觀察去，隊友們還是像平常那樣練球，教練也是像平常那樣監督、指導，沒有玩什麼把戲，也沒有進行什麼「陰謀」。

哎！我真是越來越弄不清了！眼前唯一的方法，就是等，等到放學後，真相就會大白了。

第一節課開始，我就耐心的等，等到中午，等到下午，等到最後一節課。老師剛說完「下課」，我背起書包就往教室外頭走。「鄭雅如！」那個女生又在叫了。這次，我無暇管她叫鄭雅如做什麼，頭也不回的往運動場直奔而去。

本來我走得很快，越接近運動場，我卻越擔心、越緊張，不知不覺的放慢了腳步，戰戰兢兢的一步一步往前走。

到了運動場，隊友們就像往常那樣，感覺不出有什麼異樣，我小心翼翼的跟著隊友們跑步、熱身，不時留意著教練和隊友們，預防他們會有什麼驚人之舉。

傳接球、打擊、守備……都像平常那樣的正常進行著，過程中，也沒有讓我感到意外，或是驚嚇，甚至驚喜的事件和動作出現，看來，真正以小人之心，度君子之腹的人是我，不是教練！

練習到尾聲，教練集合隊友們精神講話後，我動作迅速的放好球具，抓起書包，三步併做兩步的跑出校門，沿著學校圍牆，朝養鴨場的方向前進。

起先，我跑得很快，耳邊只聽到呼呼的風聲。後來速度慢了，才發現背後有「啪啪」的腳步聲響著，回頭一看，我嚇了一跳，竟然是隊友們，他們一個個氣喘吁吁的站在我面前。

「你們……要去哪裡？」我驚訝的問。

「那要問你呀！」邱天富說。

「問我？你們去哪裡是你們的事，為什麼要問我？」我丈二金剛，摸不著頭。

黃志剛說：「教練叫我們跟著你，到了你去的地方，就知道要做什麼了。」

跟著我？我要去撿鴨蛋耶！難道他們也要撿嗎！時間來不及了，我沒時間再問他們，轉身就往坡下跑，隊友們也跟著跑。

到了養鴨場，阿坤叔早已等在貨櫃屋門前了，他叫隊友們排好隊，說：「我是你們教練的朋友，他叫你們跟著俊男來這裡，是要我幫忙做體能訓練。」

聽到「體能訓練」，隊友們吱吱喳喳的議論紛紛著。阿坤叔制止後，說：「第一個項目是腰力和指力訓練，等一下你們跟著俊男進去，把地上的鴨蛋撿起來。注意！跟著俊男的動作做，不要把蛋捏破、打破或踩破，破一個賠十個。」

說完，阿坤叔喊了聲「開始」，隊友們跟著我進到養鴨場，學我的動作撿鴨蛋，嘴裡還念著「這不是撿鴨蛋嗎」「這是什麼體能訓練呀」「分明就是耍我們嘛」……

聽著隊友們的話，我也覺得很好笑，因為他們說的，也是我想說的。

因為人多，養鴨場一下子就逛完了，把蛋放好後，阿坤叔把隊友們帶到外面，指著坡道說：「下個項目是斜坡衝刺，你們要全力跑這條坡道，一直跑到坡頂。」

聽到要跑到坡頂，隊友們異口同聲的呼天搶地起來。

阿坤叔說：「再出聲的人跑兩趟，中途停下來的，回來重跑一次，我會在這裡盯著，預備！」

隊友們一聽，立刻擺出起跑動作。阿坤叔「跑！」一聲令下，隊友們先後跑了出去。

本來我也要跟著跑，阿坤叔卻叫我留下來。等隊友們跑上坡頂後，阿坤叔告訴我：這是昨天教練和他說好的，為了讓我能安心練球，又不會耽誤撿鴨蛋，教練決定要隊友們練完球後，以做體能訓練為由，跟著來幫我撿。

「可是……剛才我聽了隊友的話，他們並不知道是來幫我撿的呀！」我說。

「那是教練故意設計的，他想讓同學們先體驗一次，再向他們說明。」阿坤叔說。

原來是這樣啊！原來這就是教練的「陰謀」！可是……為了我一個人的事，卻要隊友們一起撿鴨蛋，會不會太過分了？而且他們是在不知情的情況下被「騙」來撿，我以後會不會被圍剿？

阿坤叔大概看出了我的擔心，說：「教練會向他們說清楚的，再說，他們來撿鴨蛋，除了幫你，也是有回饋的。」

「什麼回饋？」我好奇的問。

阿坤叔笑笑說：「事情還沒有確定之前，不能告訴你。」

不能告訴我？又是這種神祕兮兮的把戲！又不是三歲孩子，為什麼做事要這樣不乾不脆的呢？

回家前，阿坤叔說有客戶要買鴨子，叫我後天星期六來養鴨場幫忙。有客戶要買鴨子，阿坤叔有大錢賺，我有小錢賺，當然非答應不可囉！

20 謝謝大家

早上，教練一現身，就把隊友們集合起來，問：「昨天的體能訓練怎麼樣？」

隊友們七嘴八舌的說：

「撿鴨蛋很好玩啊！」

「跑斜坡很累，我都快喘不過氣了。」

「教練，以後都要這樣做嗎？」

……

等隊友們說完後，教練把我家的情況、我從國小起去撿鴨蛋、他希望我加入球隊、希望隊友們幫我的忙等說給大家聽，他還特別強調「一個球隊裡，隊員之間的團隊合作和互助友愛的精神，是維繫球隊存在的重要因素」。

教練說的時候，隊友們不時向我看來。我的身家背景都暴露在陽光下，所以被看得全身發熱，上下內外都不自在。

教練看著隊友們，說：「現在我想問你們，願不願意發揮團隊合作和互助友愛的精神，幫曾俊男這個忙？」

教練剛說完，黃志剛和邱天富率先舉起手，還有幾個國小和我同隊的也跟著舉起手。我看了，覺得很感動，隊友果然是老的好！

看到這麼多人舉手，其他隊友也紛紛舉手。

教練滿意的說：「很好，很高興你們願意發揮團隊合作和互助友愛的精神，為了獎勵你們，以後每個星期會有一次『好康』的給你們。」

一聽到「好康」的，隊友們立刻七嘴八舌的追問是什麼。教練說了一句「到時候你們就知道」，便下令開始練球。

我一邊練，一邊偷瞄教練和每個隊友。不知怎麼了，我突然發現今天教練和每個隊友都變得很可愛……

下午練完球後，隊友們跟著我去撿鴨蛋。人多好做事，加上沒有趕時間的壓力，這次，我沒有在前面跑，他們沒有在後面追，大夥兒一路嘻笑怒罵著來到養鴨場。

撿蛋時，有個隊友不小心打破一顆蛋，嚷著：「怎麼辦？我要賠十顆了！」

我拉住他，對他做了一個別出聲的動作，然後撿了一些小石頭，覆蓋在那顆打破的蛋上，來個「毀屍滅跡」，然後聳聳肩，攤攤手，表示什麼事都沒有發生。隊友看了，笑著「喔」了一聲。但我提醒他：這種事只能偶爾為之，不能常常發生。

撿好鴨蛋後，阿坤叔一聲令下，隊友們又往山坡上衝。為了和隊友們同甘苦、共患難，這次我也一起跟著衝。以前，我都是用走的，感覺沒什麼。這次用衝的，不但有感覺，而且感覺很不好——腳痠、氣喘、頭暈，還想吐！

星期六上午，我依約來到養鴨場。這次，阿坤叔又賣掉兩貨車的鴨子，想當然的，他又賺了不少錢，我也想當然的小賺了一千元——對別人來說，一千元可能不多；對我家來說，尤其是對爸爸來說，可是個大數目呢！

客戶和阿坤叔聊天時，我隱約聽到「薑母鴨」三個字。也許這個客戶是賣薑母鴨的，所以常常向阿坤叔買鴨子。

說到薑母鴨，我想到燒酒雞。阿坤叔為什麼不一邊養鴨子，一邊養雞？這樣不是可以賺得更多嗎？將來我若是打不成職棒，我要開一家養鴨場，不！是養雞鴨場，一邊養雞，一邊養鴨，要賺得比阿坤叔還多。

回家前，阿坤叔給了我一大袋鴨蛋。我不好意思的說：「阿坤叔，不用這麼多啦！幾顆就好了。」

阿坤叔淡淡的說：「又不是給你的，你嫌什麼多？」

不是給我的？既然不是給我的，阿坤叔交給我做什麼？

「這是教練和我講好的，只要學生們幫你撿鴨蛋，我每個星期就提供一次鴨蛋給他們當營養品。」阿坤叔說：「人家幫你的忙，你也要回饋人家。你要做一件事：星期一上學前，把鴨蛋用水煮熟，帶到學校給隊友吃。」

聽了阿坤叔的話，我恍然大悟，原來這些蛋是給隊友們吃的，原來那天教練說的「好康」，指的就是鴨蛋。

煮蛋？沒問題，包在我身上。隊友們幫我這麼大的忙，我應該要煮的。

星期一早上，我起得比平常早，早起的原因是為了煮蛋。煮蛋不是複雜的事，我大可交給媽媽煮。只是我之前拿蛋回來交給她，她都拿去煎，或煮蛋花湯。我怕這些蛋交給她之後，她也直接拿去煎，或煮蛋花湯，我可就欲哭無淚了。

來到學校後，我先把書包放到教室，再到運動場，趁熱把蛋分給隊友們吃。

「曾俊男，謝謝你請我們吃蛋。」有個隊友說。

我一聽，不好意思的說：「這些蛋……不是我請的，是教練和我老闆講好，給大家當營養品的，我只是……負責煮而已。」

「那……也要謝謝你負責煮呀！」隊友說。

「啊！我想到了！這個蛋應該就是教練說的『好康』的！」

「每個星期都吃鴨蛋，以後我們出去比賽，萬一記分板上都是鴨蛋怎麼辦？」

「呸呸呸！你這個烏鴉嘴，不懂就別亂說好不好？我們現在是把鴨蛋吃起來存放著，將來比賽時，再吐出來賞給隊方。」

「就是嘛！不會說話最好閉嘴。」

…………

忽然，教練的聲音響起：「混蛋！誰准你們現在吃蛋？」隊友們一聽，爭先恐後的上場練習。

我把教練的蛋交給他，也跟著上場，一邊練，一邊偷看教練——他正把蛋送進嘴裡，「還罵我們吃蛋咧！自己還不是在那邊吃！」我心裡笑著。

「曾俊男！麻煩把球丟過來！」

我撿起滾到我腳邊的球，丟回給叫我的隊友。接到球後，他高喊了一聲「謝謝」。

我舉起手，表示「不謝」……

九歌少兒書房 255

棒球、鴨蛋和我

著者 李光福
繪者 許育榮
責任編輯 鍾欣純
創辦人 蔡文甫
發行人 蔡澤玉
出版發行 九歌出版社有限公司
臺北市八德路3段12巷57弄40號
電話／25776564・傳真／25789205
郵政劃撥／0112295-1
九歌文學網 www.chiuko.com.tw
印刷 晨捷印製股份有限公司
法律顧問 龍躍天律師・蕭雄淋律師・董安丹律師
初版 2016年9月
初版 2 印 2021年4月
定價 **260元**

書號 0170250
ISBN 978-986-450-082-6
（缺頁、破損或裝訂錯誤，請寄回本公司更換）

國家圖書館出版品預行編目(CIP)資料

棒球、鴨蛋和我 / 李光福著 ; 許育榮圖.
-- 初版. -- 臺北市 : 九歌, 2016.09
面 ;　公分. -- (九歌少兒書房 ; 255)
ISBN 978-986-450-082-6(平裝)

859.6　　105013663